居酒屋ぼったくり

10

秋川滝美 Takimi Akikawa

目次

自分たちの城

鶏腿肉と大根の煮物

湯豆腐

暮れも近づいた十二月第一日曜日の朝、東京下町《したまち》にある『山敷薬局《やましき》』の店内では、店主シンゾウを含めた近隣住民たちが難しい顔を突き合わせていた。

事の発端は、定例となっている町内会の公園掃除で、馨《かおる》がシンゾウに相談を持ちかけたことだ。

ちなみに、馨は『山敷薬局』と同じ商店街にある居酒屋『ぼったくり』の店主美音《みね》の妹である。

美音が恋人の要《かなめ》からプロポーズされ、すったもんだの末に結婚を決めたのは十月末のことだった。それから一ヶ月以上が過ぎたというのに、未だに姉からその後についての話が一切出てこない。普通なら、喜び勇んで結婚式の準備にとりかかるだろうし、要が忙しくて相談する暇がないにしても、衣装をどうしようとか、誰を呼ぼうとかの話が姉の口から漏れてきてもよさそうなものだ。

特に衣装については、デートの際のコーディネイトまで馨に頼り切りの美音が、何のアドバイスも求めてこないなんてあり得ない。

とはいえ馨としても、自分が口を出すことではないということぐらいわかっていた。だからこそ、これまで姉の様子をじりじりしながら見守っていたのだ。ところが、一ヶ月以上経ってもまったく進展が見られない。

もしかしたら姉は結婚式自体を考えていないのではないか、と不安になった馨は、『ぼったくり』の常連たちに相談してみることにした。

タイミングを計るのは難しかったが、幸い思い立ってすぐの日曜日が町内の公園掃除にあたっていた。公園掃除は美音と交代で出席していて、今週は馨の当番になる。当然姉はその場にいないから、相談をするにはうってつけなのだ。

掃除がある日、シンゾウはいつも早めに公園に来る。そのことを知っていた馨は、自分も一番で公園に駆けつけ、現状報告を兼ねた相談をしてみた。話を聞いたシンゾウは、続いてやってきたマサとウメに声をかけ、掃除が終わったあと『山敷薬局』で対策を練ることになったのである。

お疲れさん、まあ茶でも……と、三人に店内の冷蔵庫にあったペットボトルのお茶をすすめたあと、シンゾウは早速本題を持ち出した。

「美音坊《ぼう》の結婚式のことだが……」

「何事かと思ったら、その話かい。シンさんの口から出たってことは、いよいよ段取りが決まって、町内でどうやって祝うかって話だな?」

すっかり勘違いしたマサが、嬉しそうに言う。ウメはウメで、生きてるうちに美音坊の花嫁姿が拝めるなんて、となにやら感慨深げにしている。シンゾウは慌てて、馨に今日集まった趣旨を説明するよう促《うなが》した。

「……というわけで、ちっとも進んでないの。さすがに、ちょっとまずいんじゃないかと思うのよね……」

「美音坊は仕事はテキパキするけど、自分のことになったらものすごくのんびり屋だからねえ」

そこでウメは、壁に掛かっていたカレンダーを見てため息をつく。

「もうすぐ年が変わっちまう。いくらなんでも、ちょっとは考えないと……」

ところがマサは、至って気楽な発言をする。

「でもよお……今時はジミ婚ってやつが流行らしいし、肉屋の息子も披露宴はしなかっただろ？　美音坊も同じように考えてるのかもしれねえぜ」

「いや、マサさん、それはちょっとまずいよ。お姉ちゃんはそれでよくても、相手は要さんだよ？」

「馨ちゃんの言うとおりだね。肉屋ならヨシノリさんがユキちゃん夫婦を引き連れて町内行脚《あんぎゃ》で済むだろうけど、佐島《さしま》建設の息子じゃそうはいかない」

「とはいっても、美音坊のことだから『結婚式なんてお金がかかるし……』とかなんとか言いかねねえぞ」

結婚式は女の夢なんて考えから、一番遠いのが美音坊だ、とマサは断言した。

誰もがそれに頷いたあと、ウメがしみじみ言う。

「なんだろうねえ、あの締まり屋ぶりは。あんな上物《じょうもの》を捕まえたんだから、ぱーっと派手にやればいいものを……」

「ウメ婆《ばあ》、あんたは『捕まえた』って言うけど、俺にはどっちかっていうと逆に見えるよ」

そう言いながら、シンゾウはこれまでのふたりの経緯を思い返してみた。

シンゾウから見ると、要は、自分からは何ひとつ仕掛けていないように見えて、その実、全部計算の上だったようにしか思えない。

公園に捨てられていた子猫の処遇に始まり、一緒に電器屋に行ったこと、その帰りに自分の家に連れていって母親に会わせたこと、店が休みの日ではなくわざわざ閉店後という遅い時間にバーに連れ出したことなどは馨から聞かされた。その結果、頭に浮かんだのは『深謀遠慮《しんぼうえんりょ》』という文字だった。

もちろん、それらがすべて要の計算に基づくものであったとしても、美音の反応がことごとく予想外で、さらに彼の母親の介入もあった結果、早いんだか遅いんだかという展開になったことは確かである。

とはいえ、シンゾウの目には、要と美音が思い合っていることは明白だったし、いつかは夫婦になると思っていた。だからこそ、プロポーズをやり直したあとは、すぐさま結婚式や新居について検討し始めるだろうと考えていたのだ。たとえ美音が二の足を踏んでも、要が怒濤《どとう》のごとく、結婚に向けて突き進むに違いないと……

それなのに、今もって何ひとつ進まず、話題にすら上ってこない。最早、美音を捕まえることに全力を使い切り、結婚式のことまで考える気力が残っていないのでは？　と心配になるほどだった。

「ま、俺が見たとこ、美音坊は何にも考えちゃいなかった。こと色恋沙汰に関して、あの子に手練手管を期待するのは無理ってもんだ。そこは芸者で鳴らしたウメ婆とは同列に語れねえ。仕掛けたのはタクのとーちゃんのほうだね。どっちにしても、美音坊は美音坊で考えがあるのかもしれねえ」

シンゾウの意見に、マサはマサで頷く。

「かもなあ……。もしかしたら、要さんのほうは、やいのやいの言ってるのかもしれねえ。それを美音坊が……」

「きっと店のこととか、あたしのこととか、あれだとか、これだとか、散々理屈をこねくり回して待たせてるんだ……あーもう、面倒くさい！」

さっさとお嫁に行っちゃえ！　と馨はやけくそのように叫ぶ。ウメは、そんな馨にくすりと笑いながら言う。

「それはそれで寂しいくせに。とはいえ、もしそれが本当だとしても、長すぎた春って言葉もあるし、待たせすぎはやっぱりよくないと思うねえ……」

ウメは、あの男、随分猫を被ってるけど、本当はとんでもなくやんちゃなんじゃないかい？　大丈夫なのかい、美音坊は？　なんて心配まで始めてしまう。

ところが馨は、心配そうにするウメに笑いながら答えた。

「平気だよ。猫を被ってるのはお姉ちゃんも同じだもん。猫かぶり同士でうまくやってくんじゃない？　お互いに被ってる猫の種類までちゃんとわかってるよ、あのふたりは」

「おやそうかい。そりゃけっこうなこった。猫かぶりふたりにタクが入って新居は猫だらけだね、騒がしいことだ」

「あーそう、その新居が問題なんだ」

そこで、シンゾウが、馨の顔をちらりと見た。

「プライバシーの侵害って騒がれそうだが、ちょいと言わせてもらうよ？」

「いや、それ、あまりにも今さらだし」

この町内会、特に『ぼったくり』の常連たちは丸ごとひとつの家族のようなものだ。しかも今は、相談を持ちかけたのは自分のほうなのだから、という馨の言葉に頷き、シンゾウは口を開いた。

「あのふたり、そもそもどこに住む気でいるんだ？　どうせタクのとーちゃんのことだから、どこかにでかい家があるんだろう？」

「そうみたい。お母さんが住んでる家もあるし、学生時代に使ってたマンションもあるんだって。たぶん、そのマンションでもふたりで住むには十分なんじゃないかなあ……」

美音自身が将来の住まいについて語ったわけではないらしい。ただ、要が『ぼったくり』に訪れたときに出てきた話から、馨は間取りや広さを推測し、新居に相応《ふさわ》しいかどうかを考えたそうだ。

なんとも姉思いの妹ではあるが、そこまでしなければならないほど美音がのんびりしているということなのかもしれない。

いずれにしても新居の候補地は現時点でふたつあり、いずれもこの町ではない。その事実に、一同が軽くため息をついた。

「どっちを選ぶにしても、この町を出てくってことか……」

『寂しい』という言葉を口にしたかっただろうに、マサはあえてそれをしない。美音の結婚に水を差してはならないという気持ちが、彼の表情に溢《あふ》れていた。シンゾウも同じ気持ちだったし、おそらくウメも共感しているだろう。

ところが馨は、そんな三人に小首を傾げつつも再び口を開いた。

「いきなりお姑《しゅうとめ》さんと同居っていうのはパスしたいだろうし、やっぱりマンションのほうがいいんじゃないかと思うんだよね。で、お姉ちゃんにもそう言ったんだけど、なんだか煮え切らないのよ」

「というと？」

「マンションからここまでけっこう時間がかかるみたいで、通ってくることを考えると決めきれないみたい」

「だろうねえ……。美音坊は、先代の墓をどうするって話になったときも、ずっとこの町で『ぼったくり』を守っていくって言ってた。あたしらが慌てて、先のことはわからないんだからって止めたぐらいだ。結婚も、この町を出ることも、考えたこともなかっただろうさ」

シンゾウも、美音に店を閉めるという考えが微塵《みじん》もないことはありがたいと思う。けれど、それが本当に美音のためになるのかというとかなり疑問だ。かといって、本人の気持ちを無視して町の外に追いやることなどできるわけがなかった。

「美音坊は、なんとかこの町に住めないかって考えてくれてるんだろうけど、やっぱりそれは無理な相談だよ」

いくら考えても打開策は浮かばない。それで美音は、結婚の話自体を進められずにいるのではないか、というのがウメの推測だった。

「とにかくこの町を出たくない、か……」

「美音坊の気持ちは嬉しいけどねえ……」

　そんな言葉を交わすマサとウメの顔には、喜びと困惑が入りまじっている。『ぼったくり』を続ける限り、美音は毎日ここに通ってくる。それがわかっていても、美音がこの町の住民でなくなるのは寂しい。それが町内会メンバーとしての正直な気持ちだろう。

　このまま困った顔を突き合わせていても仕方がない。ということで、シンゾウはとりあえずもうひとりの当事者について訊《き》いてみることにした。

「ところで、それについてタクのとーちゃんはなんて言ってるんだ？　まさか意見が割れて大喧嘩、なんてことになってねえだろうな？」

　周囲がやきもきしまくる中、ようやくまとまったふたりが、家の問題で喧嘩別れなんてことになったら、目も当てられない。シンゾウは、それぐらいなら、この町のことなんざ諦めろ、とどやしつけてでも要のもとに送り込みたい気分だった。

ところが馨は、その心配はない、と笑顔で答えた。

「要さんは大丈夫。ちゃんと確かめたし」

いつまでも煮え切らない姉にしびれを切らし、馨はこっそり要に確認してみたらしい。要もSNS内の『ぼったくりネット』のメンバーだったから、連絡は取りやすかったという。

住居問題で美音が悩んでいるらしいと知らされた要は、あっさり答えたそうだ。

「要さんも、お姉ちゃんはこの町に住んだほうがいいって考えてくれてた。それどころか、前からお姉ちゃんにはそう言ってくれてたみたい。で、あたしは意気《いき》揚々《ようよう》とお姉ちゃんのところに行ったわけ。なんにも問題はないじゃない、この町に住みなよ、って。そしたら……」

今の家でもいい、近所に新しい住まいを探してもいい、とにかくこの町に住もう、と要は言ってくれた。それならその言葉に甘えればいいではないか、と馨は美音に言ったそうだ。

美音も最初は、馨が勝手に連絡を取ったことに文句を言いながらも、要の意見を聞いて嬉しそうにしていた。けれど、これなら大丈夫、と馨が安心しかけた矢先、美音はやっぱり眉根を寄せたという。

「すごくありがたいけど、要さんに申し訳なさすぎる。なにより住むところがない。あんたを追い出すわけにはいかないし、一緒に住むのは要さんにもあんたにも悪すぎる、とかなんとか、うだうだうだうだうだうだ……」

『うだ』を山ほど連ねたあと、馨は大声で「めんどくさーい！」と叫んだ。

「もうね、公園にテントでも張って住め！　とか言いたくなっちゃったよ」

「いや、馨ちゃん、いくらなんでもそれは……」

ウメは呆れた顔になり、マサは「そこらの植え込み、ちょいと刈り込んで場所を作ってくるか？」なんて冗談を言う。マサは植木職人だからそれぐらい朝飯前だろうが、明らかに法に触れるし、美音たちにしても新婚生活がテントから始まるなんてまっぴらだろう。

「テントは勘弁してやってくれよ。だが、実際問題、住むところがないってのは本当だよな」

そう言うと、シンゾウは半分だけ開けられたシャッターから外を窺《うかが》うようにした。

ここは商店街だから、住民の大半は店の二階に居を構えている。賃貸物件といえば、『ぼったくり』の裏にあるアパートぐらいのものだ。だが、そのアパートも現在満室だし、この先住民が入れ替わるかどうかはわからない。新しいマンションが建つ予定もない。空き地がないのだから当然である。

「住みたくても住めない。諦めるしかないのかねえ……。あ、うちは部屋が余ってるし、何なら……」

「なんで新婚早々ウメ婆と一緒に住まなきゃなんねえんだよ。おかしすぎるだろう！」

即座にマサに突っ込まれ、ウメはすんなり頷いた。

「だよねえ。夫婦水入らずならまだしも、赤の他人と同居したって聞いたら、さすがに要さんのお母さんが黙っちゃいないだろうね」

「あーそれそれ、それもお姉ちゃんの『うだうだ』のうちのひとつなんだ」

そこで馨が持ち出したのは、要の母である八重《やえ》の話だった。

「お姉ちゃんは、八重さんがひとりになっちゃうのが心配なんだって」

要はもともと同じ佐島家の敷地内に建っている二軒のうちの一軒に暮らしていた。片方には祖父母、もう片方には母と兄、そして要が住んでいたのだが、大学進学を機に要はマンションでひとり暮らしを始めたという。

しばらくその状態が続いたのち、要の大学院卒業と前後して兄が結婚、母親は新婚夫婦に家を譲って外に出た。夫はとっくに亡くなっていたし、新婚夫婦と住むよりは、小さな家にひとり暮らしのほうが気楽だと考えたらしい。それを聞いた要は、八重がひとりになるのが心配で、母の新居に移った。当初八重は、せっかくひとりになれたのに、なんて言ったそうだが、先般のように体調を崩すこともあり、要がいてくれたのはやはりありがたかったようだ。

要が結婚してこの町に住むとなると、八重はひとりになってしまう。美音はそれを心配しているのだろう。

「要さんが八重さんをひとりにさせたくないのはわかってるし、お姉ちゃんだって、お姑《しゅうとめ》さんなんてどうでもいいなんて人じゃない。かといって、八重さんにまでここに住んでくれなんて言えっこないし」

かくして話はちっとも進まず、年の瀬は目の前、というのが今の状況なのだ、と馨は嘆いた。

「お姉ちゃん、昨日も『このままじゃ駄目かなあ……』って呟《つぶや》いてた」

『このまま』ということは、結婚もせず、一緒にも住まず、ただ閉店時間間近の『ぼったくり』に要が通ってくるだけの状態のことか、と馨は頭を抱えてしまったそうだ。

休日に一緒に出かけることがないとは言わないが、要は忙しいし、美音は連休なんて年に一、二度しか取れない客商売である。旅行はおろか、外で会うことすら難しい現状で、さすがにそれは……とシンゾウも呆れてしまった。

「いくらなんでも、タクのとーちゃんが気の毒すぎる」

「だよな。ただでさえ、あっちはじりじりしてるはずだぜ。いつまで待たすんだ！　って。その挙げ句、もういいや、とかなったらどうするんだ！」

シンゾウの言葉であらぬ心配を始めたマサに対し、ウメは冷静だった。

「そんな心配はいらないよ。あの『天然』の美音坊相手にめげずに頑張ってきた男だ。今更、逃げ出したりしないさ」

「あたしもそう思う。もう待てないってなったら全部自分で段取りつけて、さあ行くぞ、ってお姉ちゃんをかっ攫《さら》っていきそう」

その場にいた四人が四人ともその様子を頭に描いた。

いざとなったら要は、被っていた猫をかなぐり捨てて、家から式から全部手配して、あれよあれよという間に美音を自分の家族にしてしまいそうだ。

「要さんは、やんちゃだけど辛抱強い。いざとなったら行動力もある。だから、上物《じょうもの》だって言うんだよ。ただまあ、できれば『合意の上』であってほしいけどね」

「合意ったってなあ……美音坊はあれでかなり頑固だし……。それに、馨ちゃんのこともある」

そこでシンゾウはいったん言葉を切り、馨を見た。

美音の結婚は、馨の生活にも大きな影響を与える。そのあたりをどう考えているのか、一度確認しておきたいが、今、訊《たず》ねて大丈夫だろうか……

そんなシンゾウの眼差しに、馨はやるせなさそうな目になって言った。

「やっぱりお姉ちゃん、あたしのことも気にしてるんだよね……？」

「まず、間違いねえな。それで、馨ちゃんは、もしもあのふたりが一緒になったらどうするつもりだい？」

「要さんのおっかさんの心配してる場合じゃねえな」

馨だってひとりぼっちだとマサは心配する。もちろんシンゾウも、おそらくウメも同じだろう。

両親が亡くなったあと、馨にとって美音は姉であると同時に、父であり母でもあった。

その美音が結婚したあと、馨はひとりで大丈夫なのかと……

マサはいとも簡単に言う。

「一緒に住んじまえよ。そしたら美音坊の心配も……」

「マサさん、あたし、ラブラブ全開に違いないふたりと一緒に住む根性なんてないよ」

「そうか、そうだよなあ……」

当然予想内の答えだと頷いたものの、シンゾウの心配はさらに募《つの》る。

「美音坊、もしかしたら馨ちゃんが家を出るまで、結婚しないつもりじゃねえだろうな?」

「前はそんなことも言ってた。あんたをお嫁に出すまでは、気が気じゃないから結婚なんてできないって……」

姉妹の間でその話が出たのは、馨が哲《てつ》と付き合い始めたばかりのころのことだった。

それまでも彼氏は絶えずいたものの、年齢からして結婚を考えるような関係ではなかった。だが、哲の場合は、馨自身がいつかは……と不確かながらも未来図を描いていた。だからこそ、自分より五歳も年上の姉の将来が気になって、結婚について訊《たず》ねてみた。その結果、返ってきたのは『あんたをお嫁に出すまでは』という言葉だったのだ。

「家のこと、八重さんのこと、あたしのこと……。これじゃあ、お姉ちゃん、いつになったら結婚できるのやら……」

「こりゃ、美音坊の結婚話をせっつくより、『もうちょっと待ってて』の兄さん――哲くんっていったかね、あの子を連れてきて説教するほうが早いような気がする」

ウメにそんなことを言われて、馨は大慌てで手を左右に振った。

「やめて！　そんなことされたらあたし、困っちゃう！」

「冗談だよ。あの兄さんの年じゃあ、まだ踏ん切りつかないだろうよ。余計なことして話が壊れたら、それこそ美音坊が嫁に行けなくなる」

「あ、ウメさんひどい。あたしの結婚は、お姉ちゃんのためだけなの？」

「そんなわけないだろ。美音坊も馨ちゃんも大事なうちの娘たちだからね。ちゃんと幸せになってほしいって思ってるよ」

「そうそう。うちの町内会が先代から預かった大事な娘たち。だからこそ、ここいらの住民は躍起《やっき》になるってわけだ」

ウメやマサはときどき冗談の真ん中にそんな台詞《せりふ》を紛れ込ませる。それはきっと、思いやりの気持ちを真っ直ぐに伝えるのが照れくさいからに違いない。

ふたりの思いやりに触れ、ちょっと泣きそうになってしまった馨を見ながら、シンゾウはしみじみ思う。

この町内の皆は、結局こんな連中ばかりなのだ。厳しくて口やかましいところもあるけれど、心の底はとても優しくて、いつだって誰かのことを心配している。だからこそ、美音もここを離れたくないと思うのだろう。馨も同じだ。姉を送り出すためには、自立する必要があると薄々わかっていても、この町を出ることが心細くてならないに違いない。

「本当はわかってるんだ。あたしがどこかにアパートでも借りれば、お姉ちゃんたちはあの家に住める。でも……あたしは結婚したらきっとこの町にはいられない。だからよけいに、それまではなんとかって思っちゃう。我が儘《わがまま》だよね……」

「あたしは我が儘だとは思わないよ。なにより、そんなことしたって美音坊は喜ばない。馨ちゃんをひとりにするだけでも嫌だろうに、その上、この町からも遠ざけるなんてこと、するわけがない」

怒ったような口調に、ウメの苛立ちが感じられた。そこには、助けてやりたいのに何もできないもどかしさが込められていた。

「美音坊たちと一緒に住むわけにはいかない。結婚にもちょいと早い。なにより、借りようにも物件がねえ……ほんと、困ったもんだな」

マサが途方に暮れたように言った。

「要さんね、お姉ちゃんに言ったんだって。『君がいる場所が俺の家。それがどこにあっても関係ない』って……」

そこでマサはヒューッと短く口笛のような息を吐き、ウメは両手を叩いて喜ぶ。うんうんと頷くばかりになってしまったシンゾウに、馨は羨《うらや》ましそうに言う。

「かっこいいよねえ、要さん。普通なら、リップサービスでしょ、ってなるのに、あの人の場合は本気でそう思ってるみたいだもん」

実際問題、『言うは易《やす》く、おこなうは難《かた》し』の典型例だろうに、要という男はきっと何でもないことのように、美音のいる場所を自分の居場所とするのだろう。そこまで想われれば、女冥利《おんなみょうり》に尽きる、と馨は言うのだ。

「まあ、馨ちゃんの気持ちもよくわかるし、美音坊の気持ちもわかる。美音坊が、要さんのおっかさんを心配するのももっともだ。でも、どっかで踏ん切らないと、美音坊自身が幸せを逃がしちまうよ。かといって……」

ウメは困惑顔でシンゾウを見た。このままこうしていても仕方がない、ということで、シンゾウはいったん解散することにした。

「今日のところはここまでだ。なに、心配しなくても、きっと手はある。みんなで知恵を絞ろう。三人寄れば文殊《もんじゅ》の知恵っていうが、三人で駄目なら四人でも五人でも頭を寄せ合えばなんとかなるさ」

シンゾウの言葉に、馨も大きく頷いた。

「うん。あたしも一度、要さんときちんと話をしてみる。お姉ちゃん、あのままじゃどうにもなんないし、もしかしたら思ってることをちゃんと伝えてないかもしれない。お姉ちゃんはこれこれこういうことで悩んでますけどーって投げてみたら、要さんなら案外さらっと解決してくれるかも」

「確かにあの人なら、ぱぱぱっとなんとかしてくれそうだ」

そうだそうだ、とウメもマサもほっとしたような顔になる。一方、シンゾウの心中は複雑だ。

これまで、町内の困りごとの大半は自分が中心になって解決してきた。それなのに、美音の問題にはこれといった解決策を示してやれない。せっかく馨が頼ってきてくれたというのに、何という不甲斐なさだ、と情けなくなってくるのだ。

ところが、そんなシンゾウの様子を見て、馨が深々と頭を下げた。

「シンゾウさん、それからウメさんもマサさんも、今日は本当にありがとう」

「いや、俺たちは何の役にも……」

「ううん。こうやって場所を移して、時間を取って一生懸命に考えてもらえただけで十分だよ。今まであたしたちがやってこれたのは、シンゾウさんたちがいてくれたからこそだし、ものすごく幸せ者だと思ってる」

「やだよ、馨ちゃん。何を改まって……」

「だって、ウメさん。こんなときじゃないと言えないじゃない」

「馨ちゃん……」

てもらうし、あたしもちゃんと自分が納得できる方法を探す！」

「おう。その意気だ。でもな、うんと遠くに引っ越すってのは勘弁してくれよ。俺たちも寂しくなっちまうからな」

そう言うとマサは、わざとらしく鼻を啜《すす》った。さらにウメは、また自分の家の空き部屋のことを持ち出す。

「いざとなったら、うちにおいでよ。新婚夫婦は無理でも、馨ちゃんひとりなら平気だろ？　お嫁にいくまでの間、あたしとクロと一緒に住めばいいさ」

「うわー心強い、ありがとうウメさん。でも、そんなことしたらまたお姉ちゃんがギャーギャー騒ぎそう」

「だな。きっと美音坊、よそ様にご迷惑をかけてまで、お嫁にいこうなんて思いません！　なんて目を三角にするぜ」

マサは指を目尻にあてて吊り上げる。そんな仕草に一同が大笑いし、気の重いまま終わりそうだった話し合いはなんとか明るい雰囲気で散会した。

『――ということで、要さん。私どうしたらいいと思います？』

†

馨からの長いメールは、そんな一文で結ばれていた。

要は、あまりにも馨らしい文章に噴き出しそうになった。メールを読んだのが会社でなければ、盛大に笑い出していたことだろう。

美音と馨は月に二度おこなわれる町内会主催の公園掃除に、交替で出席している。メールを読む限り、今週は馨の番だったようだ。

遅々として進まぬ、どころかまったく始まる気配さえ見えない結婚の準備にしびれを切らした馨は、なんとかならないかと町内のご意見番に相談した。さらに、姉が結婚したあとの自分の身の振り方についても考えてみたが、いいアイデアは浮かばなかった。姉に迷惑はかけたくないし、なんとか上手くいく方法はないか、というのがメールの主旨である。

しかも、どこから引っ張り出したのか、巨大な下駄のスタンプまで添えられている。

――下駄を預けるってことか……。これぞ、『下の子気質』だな。

静まりかえったオフィスで、笑いを堪えつつ要は考える。

生まれたときからずっと、しっかりもののお姉ちゃんに庇《かば》われてきた純正の『下の子気質』。

美音と馨は姉妹の仲もすこぶる良かったに違いない。要のように、兄の怜《れい》に対してひねくれた思いを抱くこともなく、馨はただただかわいがられ、面倒を見てもらって育った。馨がとても甘え上手で、誰とでもすぐに打ち解けるのはそのせいだろう。明確に境界を設け、なかなか本心をさらけ出さない美音とは対照的な妹だった。これが美音であれば、絶対にこんなメールは寄越さない。ひとりで延々と悩み続けるに違いない。

『ぼったくり』にはちょくちょく出入りしているし、早めの時間に足を運べば馨に会うことも可能だ。けれど、妹が自分の恋人にこんなメールを打ったと知ったら、美音は馨の首を絞めかねない。

さすがにそれは気の毒、ということで、要は美音の目に触れないところで馨に会うことにした。

『ぼったくり』で働く馨を夜に呼び出すことは難しい。かといって、昼間は自分が仕事をしている。

思案の末、要は昼食時なら会えるかもしれないと思いついた。早速メールで確認したところ、すぐに返信が来て、ふたりのランチミーティングは三日後の正午からと決まったのだった。

要が会合の場に選んだのは、とある老舗《しにせ》料亭だった。その店なら馨が出てくるのに交通の便も悪くないし、何より個室がある。他人の目を気にせずに話ができるだろう、と考えてのことである。

ちょうどその日、要は店の近くの現場で打ち合わせの予定が入っていた。そのため、時間に遅れることはないと考えていたのだが、あいにく打ち合わせが長引き、要が到着したのは正午を十分ほど過ぎた時刻だった。

　馨は既に部屋に通されていて、要が着くなり頭を下げてくる。

「ごめんなさい。お忙しいのに」

「いや、ぜんぜん。こっちこそ、待たせて悪かった」

　そこで要は、お茶を運んできた仲居にふたり分の昼懐石を注文した。馨に注文を訊《き》くべきか一瞬迷ったものの、どのみちこの店のランチタイムは、昼懐石か天丼、あるいは刺身定食ぐらいしか出さないし、昼懐石はこの店の売りでもある。料理に携《たずさ》わる仕事をしている馨なら、昼懐石を選ぶだろうと考えてのことだった。

　案の定、馨は注文に関しては異議を唱えず、神妙な顔でおしぼりを使っている。『ぼったくり』界隈《かいわい》ではかなり若いほう、かつ盛り上げ役の馨は、普段から賑《にぎ》やかな言動が目立つ。それなのに今日に限ってこんなに落ち着いている。場所が変われば、こうも変わるものか、と不思議になるほどだった。

　とはいえ、馨はすでに二十代後半だ。ＴＰＯぐらいわきまえていて当然だし、落ち着きすぎるほど落ち着いている姉の手前、道化を引き受けざるを得なくなっているのかもしれない。

「で、あたし、どうしたらいいと思います？」

馨のあまりにも単刀直入な質問に、要はまた笑い出しそうになる。なんという両極端な、それでいて、目の前の問題をなんとかして解決しようという姿勢そのものはとても似ている姉妹だった。

「君はどうしたいの？」

まずは本人の希望を聞き、それが叶えられるかどうか、叶えるために何をどうすればいいか考える。それは、日常生活のみならず、仕事にも共通する要のやり方だった。

どうしたいって訊かれてもなあ……

馨は、半ば困惑して向かいに座る男に目を向けた。

『ぼったくり』に来るとき、彼はいつもワイシャツにネクタイ、作業服の上衣というスタイルだ。けれど今日は、ビジネススーツをきちんと着こなしている。おそらく、老舗《しにせ》料亭という場所を考えてスーツにしたのだろう。

お茶を運んできてくれた仲居さんへの対応も無礼とかぞんざいといった言葉からはほど遠く、そつがないとしか言いようがない。ただ、そんな姿からはあまりにも隙というものが窺《うかが》えず、彼にとって『ぼったくり』がどれほどリラックスできる場所なのかを痛感させられた。

姉は普段から、要さんは『ぼったくり』だけではなく、この町自体にそぐわない、掃き溜めに鶴もいいところだ、と言っている。それでも馨としては、子猫の治療費の支払いや大間抜けなプロポーズの話を聞く限り、『ぼったくり』界隈《かいわい》の住民とどっこいどっこいじゃないかと思っていたのだ。

けれど、こうやってそこら中から『高級』という文字が浮かび上がってきそうな店にいる要は、まったく違和感がなく、姉の言うことはやはり正しいような気がしてきた。

確かにこの人は佐島のお坊ちゃまなのだ。よくぞまあ、こんな人がうちの店の常連になったものだ、と改めて感心してしまう。

その隙のないお坊ちゃまに、面と向かって『君はどうしたいの？』なんて訊《き》かれても、即答なんてできない。それがわかっているぐらいなら、こんな会合必要ないでしょ、と言い返したくなるほどだった。

答えを見つけられずに困っていると、要はふっと笑って質問を変えた。

「じゃあ、イエスかノーで答えられるようにしようか。おれたちと一緒に住むのはどう？」

「ノー。勘弁してほしいです」

おそらく本人たちは無自覚なのだろうが、馨にしてみれば、このふたりのやりとりは甘ったるすぎる。このふたりと一緒に暮らしたら、全身砂糖まみれで、あっという間に『馨の甘露煮《かんろに》』の出来上がりだ。正直、まっぴらごめんだった。

『まっぴらごめん』という思いは、ストレートに顔に出ていたらしく、要は苦笑しつつ両手を上げて、馨を宥めた。

「わかったわかった。じゃあ、次の質問だ。君はあの町から出たくはないよね？」

「はい。でも、そんなの無理だし……」

「どうして？」

要は、まるで天然そのものの姉みたいに小首を傾げて問い返した。

「住む場所がありません。あの町には賃貸物件が少ないし、その数少ない賃貸も空き部屋なんてまったくありません。治安がいいし、商店街も近くて便利なので、多少駅から遠くても住みたがる人が多いんです。新しいショッピングセンターができたせいで、さらに人気が上がったみたいだし、入れ替わりだって滅多にないんです」

要は、早速届いた料理に箸《はし》をつけつつ、馨の話を聞いている。昼休みを使っていることはわかっているし、仕事に差し障りがあっては大変だと思った馨は、自分も食べ始めることにした。

冷めないうちに、と蓋を取ったお椀から濃く引かれた出汁《だし》の香りが立ち上る。次いで馨は、かわいらしい手鞠麩《てまりふ》に目を奪われた。難しい相談事を持ち込んでおいて、本題そっちのけで食べ物に見入ってしまうなんて、自分は案外姉に似ているのかもしれないと思う。

要は、出汁の香りと手鞠麩にため息を漏らした馨を、クスクス笑う。「そっくりだね」という声が聞こえたところを見ると、同じように感じているのだろう。
香りから感じた期待をまったく裏切らないすまし汁を味わったあと、馨はまた話し始めた。
「そういうわけで、あの町内に住むことは無理なんです。駅裏の古いマンションかアパートならなんとかなるかもしれませんけど……」
「あの辺はあんまりおすすめとは言えないな。家賃は手頃かもしれないけど、強度面がかなり心配だ。耐震補強をやった気配もないし、それぐらいならうちが建てた表のマンションのほうがずっといい」

分譲が多い建物だが、いくつかは賃貸物件もあったはずだ、と要は言う。

馨だってそれぐらいのことは知っていたが、建物がしっかりしている上に駅の真ん前という物件が借りられるわけがなかった。

「そりゃそうでしょうけど、あそこの家賃はきっとすごく高いんでしょう？　あたしには払えません」

「うーん……」

要がもろに困った顔になった。

その理由は明白だ。どうせ彼のことだから、それぐらい自分が……とかなんとか言おうとしたに違いない。そして、次の瞬間、それを言ったら馨や美音がどう考えるかに思い至り、言うに言えなくなったに決まっている。

要が、美音と馨の財布事情を知っているとは思えない。けれど、彼はやり手のサラリーマンらしいし、『ぼったくり』なんて名ばかりの居酒屋がどの程度利益を上げているかの見当ぐらいつけられるだろう。それをふたりでどう分けていたところで、駅前の立派なマンションの家賃なんて払えるわけがない。そもそも、住居費なんて今までずっとゼロできたのだから、どんな金額だって負担が増えることになってしまうのだ。

それでも、『おれには余裕があるから払う』なんて口に出した日には、姉は烈火のごとく怒るだろう。

「本当に君たちはよく似ているし、おれが今まで見てきた人たちとあまりにも違いすぎて面食らうよ」

要は言外に『すぐに兄妹になる仲なんだから、もう少し頼ってくれても』と匂わせてくる。だが、それに甘えることはできないし、馨自身、したくなかった。

要は、焼きたてで運ばれてきたサワラの西京漬けを箸《はし》でほぐしている。そのいかにも育ちの良さそうな箸使いを見ながら、馨は言った。

「家賃ならおれが……とかは、絶対言わないでくださいね」

「やっぱりだめかな」

馨は西京漬けに添えてあったハジカミを囓《かじ》り、少し甘すぎる西京味噌《みそ》の後味を消しながら答えた。

「駄目に決まってるでしょ？　お姉ちゃん、『激おこぷんぷん丸』になっちゃいますよ」

要が『激おこぷんぷん丸』なんて言葉を知っているとは思えない。なにせ語源もはっきりしない、いわゆる『ギャル語』なのだ。それでも、美音の怒りを表現しているということぐらいはわかってくれるだろう。案の定、要はすんなり頷いた。

「『激おこ』かあ……それは困るな」

「お姉ちゃんは、水商売への負い目が馬鹿みたいに大きいんです。誰かにお金を出してもらうなんて、まるでパトロンみたいだってぎゃあぎゃあ言うに決まってます。ましてや、要さんがあたしの家賃を払うなんてことになったら、『馨を囲う気なの！』とか、仁王立ちで怒鳴りますよ」

「あの子猫のときみたいに？」

「あんなもんじゃすみません」

あのとき要は、特に深い考えもなく子猫の医者代を支払ったのだろう。おかげで味わうことになった苦い思いを忘れているとは思えない。

一度限り、しかも拾った子猫にかかった病院代ですらああだったのだから、血を分けた妹の毎月かかる家賃となったら、どれほど怒るかは火を見るより明らかだった。

要は、最大級の苦笑いを浮かべている。まっぴらごめんと顔に書いてあった。

「あれは勘弁してもらいたいな」

「でしょう？　本音を言えば、あたしはありがたく頂戴したい気持ちもありますが、お姉ちゃんに滅多切りにされるのは嫌です」

「そうか……じゃあ、どうしようね？」

「それを相談しに来たんじゃないですか」

大人の知恵を貸してください、という思いを込めて、馨は真っ直ぐに要を見つめた。

要はちょっと途方に暮れた気分だった。

馨は、お金はいらないから知恵だけ頂戴、といった様子で、揚げたての天ぷらにかぶりついている。端っこにちょっと塩を付けたキスがさくっと音を立てて馨の口の中に消えた。

若いだけあって食べ方も豪快、スピードも気持ちがいいほどだった。

馨に釣られるようにけっこうなスピードで食事を進めながら、要は頭の中で状況を整理する。

まず美音の希望。言うまでもなく、彼女はあの町を離れたくないと思っている。それに、要自身があの町と関わっていたいし、あの町に住んでいる美音が好きなのだ。

『ぼったくり』の女将《おかみ》という仕事を続ける上でも、徒歩で通える距離は望ましいし、通勤に時間を取られるなんてもっての外《ほか》だ。できることなら、通勤時間なんてゼロにしてやりたいほどだった。

「あ……そうか！」

思わず、大きな声が出た。

馨は怪訝《けげん》そうな目で見てくるが、かまっていられない。要はたった今浮かんだアイデアを、実現する方法を考え出すことで頭がいっぱいだった。そしてほどなく、その方法を思いつく。

「通勤時間がもったいない。それなら、ゼロにしちゃえばいいんだ」

「ふぁ？」

あまりにも唐突な台詞《せりふ》だったのか、馨は大きなエビ天を口に入れてもぐもぐしながら、間の抜けた返事をした。

「『ぼったくり』は平屋だよね？」

「え、ええ。いつもご覧になってるとおりですけど？」

続いて小さく、見てわからなきゃ聞いてもわからん、なんて、マサあたりが言いそうな台詞が聞こえる。それには応《こた》えず、要は話の先を急いだ。

「あの商店街は店舗併用住宅、つまり店の上に住んでる人が大半だけど、『ぼったくり』もそうすればいいんじゃないかな。今の平屋の上に、住まいを増築するっていうのはどうだろう？」

なんでも、『ぼったくり』の店舗は商《あきな》いが上手くいかずに閉店してしまった居酒屋を、美音の両親が買い取ったものらしい。

美音によると、最初は借りていたそうだが、何年かしてから買い取ってくれないかという話が出てきたそうだ。美音の父親は相当悩んだらしいが、破格の値段だったし、このまま賃料を払い続けるよりは……ということで、清水《きよみず》の舞台から飛び降りるつもりで買い取ったのだという。

あの町は駅から離れているため、駅に行くにはバスに乗るしかない。居酒屋は夜遅くまで営業する商《あきな》いだし、店を閉めたあとも片付けやら翌日の仕込みやらもある。最終バスに間に合わないことも多々あるはずだ。店の上に住むことができない建物はどうしたって不便になる。借りるならまだしも、買うとなったら二の足を踏むに違いない。ところが、その時点で既に美音の両親は町内に家を構えていて帰る足の心配はなかった。店一軒の価格としては破格も破格。その理由が交通の便と店舗にしか使えない平屋だということなら買うしかない、と判断したそうだ。

とはいえ、なんとか買い取ったもののそのための借金は重く、それ以上お金をかけて手を入れることなど考えられなかった。加えて、家は別にあるのだからわざわざ住めるようにする理由もない。

それが、周り中が店舗併用住宅である中、なぜ『ぼったくり』だけが平屋のままなのか、という要の問いに対する美音の答えだった。

それならば、『ぼったくり』の上に住居を増築し、美音と要はそこに住めばいい。美音は通勤時間がゼロになるし、馨もこの町から離れずにすむ。

起死回生の逆転ホームランだ、と要は自画自賛してしまった。

「ってことで、おれたちが『ぼったくり』に引っ越せばいいと思うんだ」

「いや……要さん、それはちょっと……」

「え、だめ？　なにか問題があるのかな？」

いとも簡単にそんなことを言う要に、馨は唖然《あぜん》としてしまった。

美音が『ぼったくり』の上に住み、自分は今の家に残る。確かに、それで万事《ばんじ》解決だ。

いつか馨が結婚したとしても、あの家なら十分暮らしていける。哲だって喜んでくれそうだ。

なんといっても住居費がゼロなのだから、こんなにありがたい話はない。

だが、建物に手を入れるにはお金がかかる。内装をちょっと弄《いじ》るだけでも、六桁を超えるお金がかかってしまう。ましてや、今、要が持ち出したのは内装云々ではなく、増築なのだ。

今はふたりだとしても、将来家族が増える可能性を考えれば、部屋数だって設備だってそれ相応のものが必要だ。どうかすると、今ある部分より建て増し部分のほうが大きくなりかねない。補強だの何だの言いだしたら、家一軒建てるのと大差ないのではないか。

姉はそもそも締まり屋だし、仕事ばかりでお金なんて使う暇はなかった。それなりに蓄《たくわ》えはあるはずだが、家一軒建てられるほどとは思えない。もちろん、馨自身、じゃあこれを足しにして、なんて差し出せるようなお金もない。

「いいアイデアだとは思うんですけど……」

アイデアは素晴らしいのに先立つものがない。悩ましいというか、悔しくなるレベルの話にすっかり食欲が失せ、馨はとうとう箸《はし》を置いてしまった。

それなのに、要は何食わぬ顔で訊《たず》ねてくる。

「もしかして、お金のことを心配してる？」

「はい。だって、お姉ちゃんもあたしもそんなお金はないし、借りようにも……」

三十そこその娘、しかも自分たちは会社勤めもしたことがない。社会的信用という意味では底辺に近い自分たちに、お金を貸してくれる人なんていないだろう。銀行だって門前払いされるに決まっている。

馨の話を聞いた要は、明らかに落胆している様子だった。せっかくのアイデアを生かせないのだから無理もない。ところが、あまりにも申し訳なくて謝ろうとした馨を、要は片手で制した。

「ごめんなさい、っていうのはなしだよ。これはそういう話じゃないんだ」

「……っていうと？」

そこで要は、肺が空っぽになるほど深いため息をつき、心底つまらなそうに言った。

「君たち姉妹は、本当におれをなんだと思ってるんだろうねえ」

「はい？」

「おれさあ、自分で言うのもなんだけど、これでも会社ではそこそこ評価されてるし、給料だってけっこうもらってる。貯金もそれなりにはあるし、銀行からも借りようと思えば借りられるはず。自分が住む家にかかる金ぐらいなんとかできるよ」

君が住む家の家賃じゃないなら、美音も文句は言わないだろう。たとえ言ったとしても、おれがおれの住む環境を整えてどこが悪いって言い返すけどね、と要は笑った。

「それでもぶつぶつ言ったら、君はおれをヒモにする気か、って言うことにする」

「ヒ、ヒモ……」

馨は、そう言われたときの美音の顔が目に浮かびそうだった。

文句はいくらでも言いたいだろうに、つけいる隙がまったくない。というか、聞く耳持たないままに突っ走りそうなこの男に、ため息を連発することだろう。

目の前の男はこれが一番手っ取り早くて、みんなの希望に添う方法だと確信しているように見える。もはや、要を止められるものなんてない。それこそ、佐島建設創業者一族として、持てる伝手《つて》やらコネやら全部使って、あっという間に工事を終わらせ、さあ住むぞ、とばかりに乗り込んでくるに違いない。

「そんな感じでどうかな？」

要は、満足そうに馨に確認を取ってくる。

早急に姉に提案して、可及的速やかに増築を進めるつもりだから、協力をよろしく、ということだろう。うまくいくかどうかはわからないが、それこそダメ元である。なにより、不利益は一切ないのだから乗っかるしかない、というのが、馨の正直な感想だった。

「あたしにとっては、すごくありがたいお話です。お姉ちゃんがなんて言うかは、わかりませんけど……」

美音なら、増築なんて嫌だ、その間お店を休むなんてとんでもないと、言い出しかねない。さらにもうひとつ、美音が気にしていることが頭をちらつく。八重の問題を解決しない限り、姉がこの計画に頷くこともないだろう。要がそれらをどう乗り越えていくのかとても興味深かった。

要は多少の融通《ゆうずう》は利くから時間なんて気にしなくてもいい、と言ってくれたが、さすがにそうはいかない。要は近い将来、義兄になる人だ。自分が原因で『時間にルーズ』なんてレッテルを貼られたくない。その一念で、馨はせっせと料理を平らげ、ふたりはなんとか『長めの昼休み』程度の時間で食事を終えた。

今日の会合はおおむね成功だ。あとはこの人のお手並み拝見、ということで、馨は意気揚々《いきようよう》と帰宅した。

†

要が『ぼったくり』を訪れたのは馨と会った二日後、例によって遅い時間だった。

要が椅子に腰掛けるなり、美音は鶏の腿肉と大根の煮物が入った小鉢を目の前に置く。大根も鶏肉も薄茶色で地味になりがちな一皿に、インゲンの鮮やかな緑が命を吹き込んでいる。湯気が上がっているところを見ると、要の到着を見越して温め直してあったのだろう。

「寒くなって、大根が美味しくなってきました。特に今日は、『八百源《やおげん》』さんがすごくいいのを入れてくれたんです」

美音は心底嬉しそうに言いながら、冷蔵庫から出した酒を器に注《つ》いだ。ガラスではなく陶器に注がれたことに驚いていると、説明が始まった。

「このお酒はガラスの器に入れると渋みや酸味がちょっと強めに出がちなんです。でも陶器だと甘みが立ってきて、味付けが濃いめの煮物にぴったりになります」

銘柄《めいがら》は『遊穂《ゆうほ》　純米吟醸《じゅんまいぎんじょう》』、石川県羽咋市《はくいし》にある御祖《みおや》酒造株式会社による酒だそうだ。

山田錦《やまだにしき》と美山錦《みやまにしき》という二種類の酒米《さかまい》を用い、濃厚な味わいを保ちつつ、キレと軽快な飲み口を損なわないこの酒は、日本のみならず海外にもファンが多いという。

「この銘柄は、ぬる燗《かん》を喜ばれる方も多いんですが、冷やしてもすごく美味しいんです。特に今日は大根がすごく熱いし、鶏の腿肉を炊き合わせたので……」

美音の話を聞きながら、要は大きめに割った大根を口に入れる。直後、あまりの熱さに目を白黒させ、器の酒をがぶりと呷った。

「大丈夫ですか？」

美音は心配そうに顔を覗き込んでくるが、目の底に隠しきれない喜びがあった。おそらく、冷酒で出した狙いが当たって嬉しいのだろう。

「大根の熱ってちょっと凶暴ですよね」

「なにもここまで熱くならなくてもいいじゃないか、とは思うけど、やっぱり冬の大根は格別だし、冬の熱い料理も格別だ」

苦笑いしながら酒で口の中を冷やし、要は次の大根を口に運んだ。あらかじめふうふうと吹いたおかげで、落ち着いて味わうことができる。添えられた辛子が、大根に染みた鶏の脂《あぶら》の甘みと醤油《しょうゆ》の風味を引き立てていた。

「いつもながら、酒のチョイスも見事だな。この控えめな酸味が素晴らしい。鶏の脂ってすごく旨いんだけど、どうかすると口の中に残るときがある。でも……」

「このお酒の酸味がすっきりさせてくれる、でしょ？」

「そのとおり。それに、おでんでも、ふろふきでもない、普通の大根の煮物に、辛子をつけてもいいんだな……」

「だって、豚の角煮にも辛子を添えるでしょ？　鶏肉の煮物だって同じようなものじゃないですか。あ、でも、もっと薄味に仕上げたときは、ゆず胡椒《こしょう》がおすすめです」

「ほんと、君ときたら……というか、この店は何でもありだな」

ぶつぶつ言っている要に、美音は悪戯《いたずら》を見つかった子どものような表情になる。店主と客を越えた親しげな眼差しに満足を覚えた瞬間、今日はしなければならない話があったことを思い出した。

――危ない、危ない。いつもどおり、呑んで食っておしまいになるところだった。ハロウィンでプロポーズのやり直しをして以来、要は何度も結婚についての具体的な相談をしようとした。だが、そのたびにこんなふうに酒と肴《さかな》に気を逸らされ、そのままになってしまったのだ。

もしこれが美音の作戦だとしたら、この魔女は本当に手に負えないとしか言いようがない。

けれど、さすがに今日という今日はそういうわけにはいかない。心配のあまり、相談に来た馨のためにも一歩でも話を進める必要があった。

酒と食の共存関係を象徴するような組み合わせに、うっかり本題を忘れそうになった自分を戒《いまし》めつつ、要は『ぼったくり』の増築について話し始めた。

「ここに住むっていうのはどうかな？」

美音は一瞬きょとんとし、次いではっとして訊《たず》ね返した。

「もしかしたら、それ、結婚してからの住まいの話ですか？」

「もちろん。家と店が近ければ君は楽だろうし、馨さんだって引っ越ししなくてすむ」

「無理ですよ」

奥に着替え兼休憩用のスペースがあるにはあるが、住むことはおろか、横になることすら難しい、と美音は言い切った。要はそれはわかってる、と返し、さらに説明を進める。

「今のままならね。でも、この店は平屋なんだから増築するって手があるじゃないか」

「その間、お店休むんですか？」

あまりにも予想どおりの反応にやれやれと思いながら、要は箸《はし》を置いた。背筋をぴんと伸ばし、おもむろに頭を下げる。

「休業になるのは申し訳ない。でも、最短最速でなんとかする」

「そんなこと言われても、増築っていろいろ手間がかかるし、この店を住めるようにするとなると、下手すると新築かそれ以上に時間がかかっちゃうんじゃないですか？」

狭い平屋の上に増築する工事は難しいと聞いている。特にこの店は昔の基準で建てられている建物だから、いじるとなったらあれこれ問題も山積みで何ヶ月もかかりかねない。その間ずっと『ぼったくり』を休むことなんてできない——と美音は心配する。さらに、はっとしたように言った。

「もしかして、全部壊して建て直すとか……？」

そんなの嫌です、と美音は全力で抗議を始めようとした。

『ぼったくり』は美音の両親が苦労して手に入れ、育て、美音と馨が引き継いだ店だ。彼らがどれほど大事にしてきたかを、要もちゃんとわかっている。全部壊して建て直すなんてありえないし、そんなことをすると思われたこと自体が心外だった。

けれど、美音にしてみればあまりにも寝耳に水の話だし、工期を縮めるためにはそれぐらいしないと無理だと考えたとしても責められない。

とにかく美音にとってこの店は命なのだ、と再確認し、要はなんとか美音を安心させようと努めた。

「心配しないで。全部壊したりしないから」

「だとしたら、やっぱり何ヶ月もかかっちゃいます」

「二ヶ月」

「え？」

「佐島建設の総力を挙げて、なにがなんでも六十日で仕上げる」

これが漫画であったならば、こめかみから汗がつつーっと流れていただろう。美音の表情はそう表現したくなるほどだった。おそらく、そんな短い期間では無理だという気持ちと、そうであってほしいという気持ちがせめぎ合い、その上に、実現するためにこの人はなにをやらかすつもりだろう、という恐れが加わっている。

「総力とか挙げなくていいですから！」

やがて身を乗り出すようにして言った台詞《せりふ》には、自分の店のために、周りを巻き込んで大騒動なんて論外だ、という思いが溢《あふ》れていた。

「いや……あの、私、普通の増築工事がどれぐらい時間がかかるものなのかも知りませんけど、やっぱり二ヶ月とかじゃ無理だと……」

「大丈夫。おれはこれでもその道のプロだよ。そのおれが二ヶ月と言ったら二ヶ月なんだ。何ならもう二、三日ぐらいなら繰り上げ……」

「け、けっこうです！　それぐらいならきっと、皆さんも待ってくださいます！」

「だよね。常連たちはこの店を熱愛してる。それぐらいで離れたりしないよ」

「これぐらいで離れてしまうなら、この間の鰻《うなぎ》の賞味期限切れ騒動でとっくに見限られてるはずです。――でも、工期に間に合わせるために、職人さんたちに無理をさせることになるんじゃないですか？」

『ぼったくり』にはトクやマサ、アキラといった職人の客も多い。無理な注文に苦労している姿は何度も見てきた。それだけに、たとえ見ず知らずの職人たちであっても、大変な思いはしてほしくない、と美音は言い張った。

「要さんに追い立てられて、昼夜も問わず突貫工事、とかあり得ませんから」

「わかってるよ。そこまで無理はしなくても大丈夫。人をたくさん使えばなんとかなる」

「そうですか……じゃなくて!!」

そこでまた、美音は大声を出した。

「問題はそんなことじゃありませんでした！　ごめんなさい、要さん。やっぱり無理です。私にも馨にもそんなお金はないし、借りようにも……」

なんとまあよく似た姉妹だ。二人揃って同じ言い方をするなんて……と、要は笑い出したくなった。もちろん、その懸念に対する要の反応だって同じだ。

「ご心配なく。おれだって住むんだから、おれが工面する。もっとも、おれもここに住んでいいって、君が言ってくれるなら、だけどね」

「それはもちろん……でも、やっぱり……」

「費用はどうにでもなる。問題は、君と馨さんの気持ちだよ。おれとしては、君とおれがここに、今の家に馨さんが住むことにしたほうが、いろいろうまくいくと思う。馨さんが結婚しても、そのまま住み続けられるし」

そこで要は、美音の家族の気持ちを代弁する形で言葉を連ねた。

「馨さんはきっと、自分が家を出れば今の家におれたちが住める、って考えてると思う。もしかしたら部屋を探し始めてるかもしれない。でも、おれは、おれたちのために馨さんにそんな犠牲は払ってほしくない。馨さんだって、君と同じぐらいこの町から離れたくないって思ってるだろうしね。なにより、君たちふたりに家と店を残したご両親の気持ちを考えたら、君が店を、馨さんが家を受け継ぐのが一番なんじゃないかと思う」

これにはさすがの美音も反論できなかったとみえて、渋々といった様子で首を縦に振りかけた。ところが、何を思ったか途中で動きを止め、なにかを考え始める。

「どうしたの？　まだなにか気になることでも？」

工期も費用も家族の気持ちまでも考慮した計画に瑕疵《かし》があるとは思えないし、要は、美音が新たな問題を持ち出してきても論破するつもりだった。だが、次に美音の口から出てきたのは美音や家族ではなく、要自身に関わる問題だった。

「要さんがここに住むとしたら、八重さんはどうなるんですか？　私には八重さんをひとりになんてできません」

必死な面持《おも も》ちで訴える美音に、要は確かめるように訊《き》いた。

「それが君の最後の気がかり？」

「最後？　ええ……まあ……そうですね」

「じゃあ問題ない。それは解決済み」

要は、以前から美音が母のことを気にしているのは知っていた。

この近くに借りられる物件はない。ふたりが結婚した場合、おそらく今要が住んでいる八重の家、あるいは学生時代に使っていたマンションのどちらかに住むことになるだろうと考えていた。ふたつの候補を考えたとき、要のマンションのほうがわずかなりとも『ぼったくり』に近い。八重の家では通勤に一時間近くかかってしまうのだ。かといって、マンションに居を構えた場合、八重はひとりになってしまう——美音が結婚についての具体的な話を進めようとしないのは、そんな懸念からではないかと要は思っていたのである。

美音の気持ちは嬉しかったし、なんとかうまく収める方法はないかと考え続けてきた。だからこそ『ぼったくり』の増築を考えついた日、家に帰るなり、母の気持ちを確かめもしたのである。

「お袋のことは心配ない。むしろ、夜中まで帰ってこない息子を心配しなくてすむようになってありがたいってさ」

美音の懸念について聞かされた八重は驚き、美音に、その気遣いだけで十分、それ以上思い煩《わずら》わないでくれ、と伝えるよう要に頼んだ。ふたりが相談して好きな場所に住めばいいいし、それが店の上ならなおさらいい。美音の負担が最小限に止《とど》められるだろう、と喜んでくれたのだ。

「お袋ときたら、ひどい言いようだったんだぞ。『やっと重い腰を上げたのね！おまえがぼやぼやしてるうちに、美音さんが我に返って逃げ出したらどうしようって心配してたのよ』だってさ」

「我に返って……って」

「とんでもないよな。思わず、『おれが美音をだまくらかしたような言い方はやめてくれ』って言ったら、『あら違うの？』なんて真顔で言われた」

絶句した要をひとしきり笑ったあと、さらに八重は言った。

新婚ほやほやの邪魔なんてしたくないし、この先心配なことが出てきたら佐島の三食昼寝付きの家に帰るなり、お前たちのところに転がり込むなりするから、そのときはよろしく――と。

そして八重は、要が『ぼったくり』の上に住むとしたら、自分も時々店を訪《おとず》れられる。それはそれでとても楽しみだ、と喜んだのである。

「ほんとにそれでいいんでしょうか……」

話を聞いた美音は、かなり戸惑っていた。けれど、最後には、本当に何かあったらすぐに相談してもらってくださいね、と何度も念を押し、『ぼったくり』を増築することを受け入れた。おそらく他に方法はないし、八重がそう言ってくれている以上、甘えるしかないと思ったのだろう。

これでよし――

要は、そう思って酒のおかわりを注文しようとした。ところが美音はまた思案顔である。やむなく要は、水を向けてみることにした。

「まだなにかあるの？」

美音はしばらくためらっていたが、やがて思い切ったように口を開いた。

「要さんはお金持ちなんですか？」

一瞬、何が訊《き》きたいのかわからなかった。怪訝《けげん》な顔をする要に、美音は改めて訊《たず》ねる。

「要さんのお家がお金持ちだってことは知ってます。でも、要さん自身は？『ぼったくり』の増築にかかるお金は、要さんのお家じゃなくて、要さん自身が稼いだり、借りたりするものですか？」

「美音……」

金に名前が書いてあるわけじゃない。誰が稼いだものであっても、使う権利が与えられているなら使えばいい。美音に知り合う前の要だったら、こんな質問は笑い飛ばしただろう。

けれど、今の要には、『自分の責任の範疇《はんちゅう》か否か』が美音にとっていかに大切なことなのか十分理解していた。おそらく美音は、この店に手を入れるなら自分の稼いだもので、と思っていたに違いない。

だが、事実上それは不可能だ。特に、今すぐと言われれば無理に決まっている。要が払うと言うから渋々了承したものの、いざとなったら出所が気になってきた。要本人が工面したものではなく、佐島家から流れてくるものだとしたら受け入れがたい。それが美音の本心だろう。

「大丈夫だよ」

要は、できるだけ美音を安心させられるよう、満面の笑みで答えた。

「おれはちゃんと会社に貢献して、けっこういい給料をもらってる。で、どこかの居酒屋で連日ぼったくられる以外は浪費もしない。そもそもそんな時間はないんだ。だから心配ない。ご両親から受け継いだとはいえ、この店は君が何年も頑張ったうえで自分の城にしたものだし、これからはおれと君の住まいになる。その出発点を他の人間に頼ったりしないよ」

「連日ぼったくられる……」

美音は、ちょっと口をとがらせながらも、安堵の表情を浮かべた。

「よかった……。君だってこの店を親からもらっただろう、って言われたらどうしようと思いました」

「それぐらいはわかってるよ。何もかも全て、は無理にしても、できるだけふたりの力でやっていこうとおれは思ってる」

「ありがとうございます。でも、費用はちゃんと会社に払ってくださいね」

「社員割引以上には値切らないよ」

「あるんですか？　社員割引？」

「そりゃあるよ。でも兄貴たちは使えないけどな」

「なんでですか？」

「役員以上は社員じゃないから」

「へえ……そうなんですか。よかったあ、要さんが平社員で」

平社員を喜ぶのは珍しい。なにより、少なくとも自分は平よりは少し上だ、と要は心の中で苦笑いをする。

だが、要が会社でどんな地位にいようと美音は構わないらしい。いっそ会社に言って、平社員に戻してもらおうか。そうすればもう少し仕事が減って、早く帰れるようになるかもしれない。

なんとか役員クラスに取り立ててもっと便利に使おうと躍起《やっき》になっているクソ爺《じじい》や兄貴はものすごく怒るだろうけれど……

困り果てる祖父と兄を思い浮かべ、要は溜飲《りゅういん》が下がる思いだった。

「ということで、『ぼったくり』増築計画発動、でいいね？」

「よろしくお願いします」

「で、工事をやってる二ヶ月の間に、あれこれ片付けるから」

「あれこれ？　家の片付けですか？」

それは増築に入る前にやるべきことじゃないんですか、と美音は首を傾げた。

要は本日何度目かの『やれやれ』である。

「ここを増築するのはなんのため？」

「もちろん住むためです」

「誰が？」

「要さんと私？」

「だよね。おれたちは結婚してここに住む。結婚そのものは紙切れ一枚で済む話なんだけど、この日本って国は、非常に面倒くさいことに、届けを出す以上にイベントを大事にするらしい」

ふんふんと聞いているにもかかわらず、美音は依然として要の言わんとするところをわかっていないらしい。とうとうしびれを切らした要は、お得意の直球勝負に出ることにした。

「というわけで、結婚にあたっては結婚式が必要。『ぼったくり』を増築している間に、式を挙げてついでに新婚旅行を楽しもう、って話」

わかった？ と訊《たず》ねられ、美音はこくこくと頷いた。

「ならよかった。結婚式はなしでも構わないといえば構わないんだけど、それはそれでかなり面倒なことになる。うちは親類縁者の数も多いし、挨拶しないと文句を言う奴ばっかり。というわけで、さっさと結婚式を済ませてしまおう」

「さっさと……？」

その一言で、要は『しまった！』と声を上げそうになった。

佐島家三代続きの黒歴史プロポーズで痛い目を見たばかりなのに、またこんな言い方をしてしまった。

これが八重の耳に入ったら、ペナルティとして今度はドイツよりもずっと交通の便の悪いところに飛ばされかねない。しかも、美音の様子を見る限り、ご注進に及ばれる可能性は大だった。

これはまずい、と悟った要は、すぐに『正しい』理由を持ち出した。

「君のことだから結婚式なんて面倒だし、お金のことも気になるかもしれない。でも、おれはどうしても君の花嫁姿が見たい。普段の飾らない君も大好きだけど、おれのためだけに、これ以上ないってぐらい着飾った君が見たいんだ。でもって、これがおれの奥さんだ、おれのだから誰も触るんじゃないぞ！　って世界中に宣言したい」

「いや、あの、それこそ必要ありません。私に手を出す人なんていませんから……あ、要さんを除いてですけど」

そう言ったあと美音は、いきなりしゃがみ込んだ。そのまま流しの下をごそごそやり、顔を上げようとしない。おそらく、会話の甘ったるさに耐えがたくなったのだろう。きっと顔も赤くなっているに違いない。

いつだったかの朝、トマト以上ケチャップ以下の赤さに染まっていた美音が思い出された。それと同時に、この店の上に住むというアイデアの秀逸さを再認識する。

もとより美音にはファンが多い。常連ばかりではなく、商店街や近隣の人々まで含めれば相当な数に上るはずだ。美音にちょっかいをかけようとする輩がいないとも限らない。そんな人はいないと美音は言い張るが、要にしてみれば、己を知らないにもほどがある！　と叫びたいぐらいだった。

いずれにしても、大規模な増築がおこなわれれば、その理由について取りざたされるに決まっているし、自《おの》ずと美音の結婚も知れ渡るだろう。さらに、毎日ここに戻ってくる亭主がいるのだから、美音に懸想《けそう》する人間がいたとしても迂闊《うかつ》なことはできないはずだ。

そこでようやく美音が立ち上がった。手には一升瓶があり、ラベルには『酔《すい》心《しん》』という文字が見える。この酒なら要も知っている。確か、日本画家の横山大《よこやまたい》観《かん》が愛飲したと言われる銘柄《めいがら》のはずだ。

薄く赤みの残る顔で美音は、徳利に酒を注《つ》ぐ。

「『酔心』か……好きな酒だ」

「ご存じですか？」

「ああ。広島の酒だよね？」

「ええ、広島県三原市《みはらし》にある株式会社酔心山根本店《やまねほんてん》が造ってます。これは『酔心軟水の辛口　純米酒』というお酒で、仕込み水が軟水なので、口当たりがすごく良いんです」

「確かに。そういえば前に呑んだときも、燗酒《かんざけ》だったな……」

「でしょうね。このお酒はぬる燗にすると香りが立つし、味もものすごく膨らみます。もちろん冷酒や常温でも美味しいんですけど、寒いときはやっぱりお燗《かん》がおすすめです」

酒の説明をしているうちに美音の赤らんだ頬はすっかり元通りになる。さすがだな、と思いつつも寂しさが隠せない。それでも視線は美音の手元に釘付け、この酒に合わせてどんな料理を出してくれるのかが気になってならない。どっちもどっちだな、なんて苦笑いが浮かんだ。

「はい、どうぞ」

渡された猪口《ちょこ》を受け取り、美音が酒を注《つ》いでくれるのを待つ。注がれた酒の、熱燗とは違うほんのりとした温《ぬく》もりを喜びつつ口に運ぶと、すっきりとした辛さと程よい旨みが広がった。

程なく目の前に出されたのは、ひとり用の土鍋。底には出汁《だし》昆布が敷かれ、豆腐の角切りと斜めに切られた葱《ねぎ》が揺れている。黒褐色《かっしょく》の昆布と真っ白な豆腐のコントラストが美しかった。

「湯豆腐か……いいね、シンプルで」

早速添えられた豆腐すくいでとんすいに取る。先ほどの大根に懲《こ》りて、舌を焼かれないよう気をつけながら食べてみた要は、予想外の味に目を見張った。

「あれ……すっぱくない……」

とんすいにあらかじめ合わせ調味料が入っていたから、ポン酢だと思い込んでいた。だが、柑橘《かんきつ》類独特の酸味が一切ない。ただただ醬油《しょうゆ》の旨みだけが伝わってくるのだ。

嬉しそうに笑って美音が言う。

「ポン酢だと思ったでしょう？」

「うん、てっきり……。でも、ただの醬油でもないよね？」

「実はこれ、出汁醬油なんです」

だし汁に醬油とみりん、酒を加えて火にかけ、追い鰹《がつお》をしただけ。家にある調味料で簡単に作れるし、豆腐や酒の味を邪魔することもない、と美音は自慢げだった。

「なるほどねえ……確かに、しみじみ旨いよ、これ」

「でしょう？　夏の暑いときはポン酢の酸味が嬉しいですけど、寒いときはこういう優しい味も乙《おつ》だと思うんです。あ、あとで卵の黄身を落としますか？」

「え、湯豆腐に？」

「じゃなくて、タレのほうに。コクとボリュームが出ていいっておっしゃる常連さんもいらっしゃるんですよ」

「へえ……じゃあ、試してみようかな」

　要の答えに、美音は早速卵を割り、黄身だけをタレの器にそっと移した。

　地域にもよるが、蕎麦《そば》のつゆにウズラの卵を落とす食べ方を好む人は多い。あれと似たようなものだろうか、と思いつつ黒褐色とオレンジに近い黄色が混ざり合ったタレを豆腐に絡める。ウズラよりも卵黄が大きい分、甘みがしっかり伝わってきて、タレの濃い味とのバランスが絶妙だった。

「すごいなこれ……。もちろん、豆腐そのものの旨さがあってのことだろうけど……」

「戸田《とだ》さんのお豆腐なんですよ。湯豆腐にはやっぱり戸田さんじゃないと」

あわや入院かと思われた『豆腐の戸田』の若嫁マリは、姑《しゅうとめ》のショウコが作った栗きんとんでなんとか重いつわりを乗り切った。無理のない範囲でなら、という医者の許可も下り、再び店に立つようにもなった。今日も美音は、マリの元気な笑顔を見に『豆腐の戸田』に立ち寄り、湯豆腐用に極上の豆腐を買ってきたのだ。

「そうかあ……よかったね、元気になって」

「ええ。あれだけ駄目だった豆乳の匂いも、もう全然平気なんですって。人間の身体って本当に不思議ですね」

やっぱり気の持ちようなのかしら……と美音が呟《つぶや》く。

確かに、気の持ちようというのはあるのかもしれない。そしてそれは、重いつわりに限ったことではない。

これまで要は、美音をカウンターの向こうから引っ張り出すのに四苦八苦していた。このカウンターが城壁のように思えたことまであったのだ。だがここに住むと決めた今、カウンターは城壁としての役割を終えた。

『ぼったくり』は美音が譲り受け、育ててきた城だ。それは紛れもない事実である。けれど、要自身がここに住むことで、城は美音だけのものではなくなる。城壁の中に引きこもられ、やきもきする必要はなくなるのだ。

どんな堅牢な城だろうと、中に入り込んだらこっちの勝ち――

湯豆腐を肴《さかな》に燗酒《かんざけ》を堪能しながら、要は満面の笑みを浮かべていた。

旅先で…

旅先などで初めてのお店に入ったとき、お酒を選ぶのに苦労したことはありませんか？　魚料理ならさっぱり系、肉料理なら呑み応えのあるタイプといった基準は知っていても、感じ方は人それぞれ。それに、呑んだことがなければ見当もつきません。そんなときは、お酒の産地に目を向けてみてください。地酒はおおむね、その土地の名物料理に合うように造られています。海が近い町には海の魚に合うお酒が、山が多い町では野菜や山菜の煮物、川魚に合うお酒があるのです。もちろん、その土地の名物料理と地酒の組み合わせが一番なのは言うまでもありません。

遊穂 純米吟醸 山田錦・美山錦55

御祖《みおや》酒造株式会社

〒929-1572
石川県羽咋市大町イ 8
TEL：0767-26-2320
FAX：0767-26-2339
URL：http://mioya-sake.com/

醉心「軟水の辛口」純米酒

株式会社 醉心山根本店

〒723-0011
広島県三原市東町 1-5-58
TEL：0848-62-3251
FAX：0848-62-3253
URL：http://www.suishinsake.co.jp/

焼き豚

焼き豚チャーハン

卵の煮込み

ジャガイモのピリ辛ガーリック炒め

黄ばんだ図面

『ぼったくり』が二ヶ月休業するという話は、直《ただ》ちに常連や近隣の人々に伝えられた。

美音としては、図面や許可関係が整い、具体的な日取りがはっきりしてから、と思っていたのだが、馨が喜び勇んで触れ回ってしまったのだ。

話を聞いた人々は驚きはしたものの、店の上に住居を建て増し、美音と要がそこに住むと知って一様に喜んでくれた。

マサやウメに至っては、さあやれ、今やれ、すぐにやれ！　と言わんばかりの様子で、休業によって客たちの不興を買いはしないかという美音の心配は杞憂《きゆう》に終わった。

大人たち以上に喜んでくれたのは、裏のアパートの早紀《さき》姉弟だった。早紀曰《いわ》く、自分たちはまだ子どもだからお店には行けない、美音さんがこの町の外に住むようになったら会えなくなるんじゃないかと思っていた、とのことだった。

確かに、これまで美音が早紀と接していたのは、開店前の時間ばかりだ。今はまだ早紀が中学生だから早い時間に帰宅してきていたが、高校生になったら帰宅時間はもっと遅くなる。その時間には『ぼったくり』も開店しているだろうから、早紀が入ってくることはできない。学校が休みの日曜日は『ぼったくり』も休みで、美音が店に来ることもない。会えなくなるんじゃないか、という早紀の心配は当然のことだった。

あからさまにほっとしている早紀の姿に、心配させて悪かったと思う反面、それほど自分を慕ってくれることの嬉しさを感じる美音だった。

ともあれ、誰もが大歓迎ムードの中、『ぼったくり』の増築計画がスタートした。

リョウやアキ、『魚辰《うおたつ》』のミチヤ、『八百源』のヒロシなどは、住居部分に入れ

る設備について様々なアドバイスをくれた。それはそれで大変ありがたい話ではあったが、あまりにもいろいろな助言を聞かされすぎて、美音は何が何だかわからなくなってしまった。

店は依然として営業しているし、自宅のほうも引っ越しに備えて荷物の整理を始めなければならない。その上に、システムキッチンやバスユニットを選んだり、床や壁の仕様決め……正直、もう勘弁して、と言いたくなるほどだった。

「ああもう、面倒くさい……。誰でもいいから代わりにぱぱっと決めてくれないかしら？」

思わずそんな愚痴を漏らした美音に、馨は呆れ果てた顔で言った。

「結婚するなり、自分の望みどおりの家に住めるなんて滅多にないことなんだよ。そうでなくても、新婚家庭が入る夢の新居じゃない。もうちょっと浮かれてもいいんじゃない？」

そんな妹のまっとうすぎる意見に反省し、以後美音は黙々と仕様決めに励むことになった。

増築工事に向けて動き出した『ぼったくり』の引き戸が開けられたのは、そんな十二月半ばのある日のことだった。

「美音坊、ちょいとお邪魔するよ」

そんな声とともに入ってきたのはシンゾウ。シンゾウは、みんながこぞって工事を進めさせようとする中で、ひとりだけ、ちょっと待ってくれないか、と頼んできた。

理由を訊《き》いても曖昧な返事しかもらえず、シンゾウにしては珍しいと思ったけれど、いくらみんなが焚《た》き付けて、要が突貫工事でやっつける、と胸を叩いたところで、職人の手配も、物の手配もこれからなのだ。シンゾウに言われるまでもなく、工事が始まるのは最短でも年明け、もしかしたらもっと先になると美音は思っていた。

そんな矢先、しかも開店前の訪問とあっては、工事を待ってくれと頼んだ理由に関わることに違いない。美音は、これでやっと理由がわかる、とほっとする思いでシンゾウを招き入れた。

ところが、てっきりひとりだと思っていたのに、シンゾウは振り向いて後ろに声をかけた。どうやら、誰かと一緒らしい。

「いいから、あんたも入っておいでよ」

シンゾウに促《うなが》されてきたのは、よく日に焼けた男だった。おそらくアウトドアスポーツが大好き、さもなければ外で働く人なのだろう。

「美音坊。こちらはショウタさんって言ってな、この店を建てた大工さんなんだよ」

シンゾウと同じくらいの年齢、いやもしかしたらもう少し上かもしれない。大工ならこの赤銅色《しゃくどういろ》の肌も、小柄ながらもしっかり筋肉のついた肩も当然だ。なるほど、と思いながら美音は軽く会釈《えしゃく》をした。

「いらっしゃいませ。ようこそ」

美音が声をかけても、ショウタはひょいと頭を下げただけ。美音や、椅子をすすめる馨には目もくれず、店内のあちこちに目を走らせている。昔の自分の仕事を確かめるような眼差しには、懐かしさと同時にどこか寂しげなものが滲《にじ》んでおり、美音にはそれが不思議だった。

しばらくして、ショウタはようやくカウンターのシンゾウの隣に座った。どうやら気が済むまで店の検分を終えたらしい。

ショウタは、美音が出したおしぼりで手を丁寧に拭きながら訊《たず》ねてくる。

「建て直すって聞いたけど、ここらは全部壊しちまうのかね？」

美音は慌てて首を振る。

「いいえ、壊したりしません。実は壊そうと思っても壊せないんです」

『ぼったくり』は小さな店なので、上に住居を建て増す場合、二階建てよりも三階建てのほうが望ましい。けれど、新たに二階分の重みを加えたら一階部分が重みに耐えかねて潰れてしまうのではないか。それならもういっそ、全部壊して建て直したほうが簡単だろう、という意見もあるにはあった。トクなどは、増築ではなく新築、しかもプレハブ構造にすれば工期もうんと短くできるのではと言った。足場職人として幾多の現場に出入りしてきたトクならではの意見だと、誰もが同意しかけた。けれど、美音にしてみれば、両親が大事にしてきた店を全部壊してしまうのは嫌だったし、要も賛成しなかった。

「いったん全部壊してしまうほうが手っ取り早いのはわかってるけど、それをやったら、今以上に小さい建物しか建てられなくなるよ」

なんでもこの店が建てられたあと、自治体の建蔽率《けんぺいりつ》とか容積率に関わる規制が変わったそうで、いったん壊すと新しい規制に従わざるを得なくなり、今あるものより小さなものしか建てられなくなるらしい。

『ぼったくり』はただでさえ小さな店である。これ以上小さくしたくなければ、一階部分を残し、あくまでも改築という形を取るべきだ、と要は言った。

そんなこんなでふたりの意見が一致し、結局『ぼったくり』は壊して新築にするのではなく、改築することになったのである。

美音の話を聞いたショウタは、見るからに嬉しそうな顔をした。だが、その直後、心配そうに訊ねた。

「でも、この店は建ててからずいぶん経ってるし、やっぱり手を入れたほうがいいんじゃないですかね？」

「もちろん、少しは手を入れますし、補強もします。でも、基本的にはあんまり弄《いじ》りたくないんです。お客さんたちも愛着を持ってくださってるようですし、ここには両親の思い出がこもってますから。それに……」

そこで美音は言葉を切り、店の中をぐるりと見回した。

「自分で言うのもなんですが、この店、あんまり傷《いた》んでないでしょう？」

ものすごくいい素材を使っているわけではないのだが、ひとつひとつが使えば使うほど味が出てくるような造作だった。そのため、父や母はもちろん、店を受け継いだ美音と馨も、毎日せっせと磨き、大事に使ってきたのである。

だから今回の改築にあたっても、店そのものについてはほとんど手を加えず、あくまでも住居部分を増築するための強度補強がメインだった。

工事をすると決めたあと、佐島建設から店舗併用住宅をたくさん手がけてきた設計士が『ぼったくり』を見に来た。その際彼は、この店はとても腕のいい、しかもかなり仕事熱心な大工が建てたようだ、そのまま上に積み増すわけにはいかないけれど、平屋のままならまだまだ十分使える、と感心していた。

「造作のひとつひとつに、思い入れが感じられるって言ってました。実は、私、あんまり違いがわからなくて、どこでそれがわかるんですか？　って訊《き》いちゃったんです。そしたら、造作に隙間が一切ないって……」

壁と床が接する場所にはめ込む部材を『はば木《き》』というのだが、腕の悪い大工だとその『はば木』と床に隙間が空いてしまう。一ミリにも満たない隙間だし、しゃがみ込まない限り気にもならない。だが、こういう隙間を残すような大工は一事《いちじ》が万事《ばんじ》で、見えないところで手を抜いている、あるいは根本的な技能不足が窺《うかが》える。ところが、『ぼったくり』の建物にはどこにもそんな隙間がなく、すべてがぴたりと組み上げられている、というのだ。

「私にとってはこの店があたりまえだったので、隙間なんて……って、びっくりしましたけど、けっこうあることみたいですよ」

美音は、他にもいくつか設計士が教えてくれた『丁寧な仕事』の例をあげた。それを聞いたショウタは、はにかんだような顔で言う。

「この店は、俺と親父が一緒に入った最後の現場だったんです。親父はこの仕事を最後に引退しました。だから、俺はこの店にものすごく思い入れがあったんですけど、酒は苦手だし、住んでるとこもここからは遠くて、来る機会がありませんでした。でも、シンゾウさんが連絡をくれて、この店を改築するから一度見に来ないかって、誘ってくれたんです」

なんでも、ショウタはこの店を建てている間に、ちょくちょくシンゾウの店に栄養ドリンクや飲み物を買いに行っていたらしい。今でこそ、商店街にコンビニもあるが、当時は栄養ドリンクを売っているのは『山敷薬局』しかなかったそうだ。

今よりももっともっとのんびりとしていた時代、休憩をかねて店先で世間話をするうちに、同じぐらいの年頃だったシンゾウとショウタはすっかりうち解けた。たまにシンゾウが現場を通りかかったときなどは、今手がけている仕事についてもあれこれ説明したらしい。

無事工事が終わったとき、ショウタはシンゾウに連絡先を書いたメモを渡し、もしも店を弄《いじ》ることがあったら声をかけてほしいと頼んだ。ふたりは工事期間中にすっかり親しくなっていたし、新しい店の場合、商売が立ちゆかなくなって建物を手放す可能性もあると考えたのだろう。シンゾウの店は代々続く薬屋で潰れそうにないし、仮に持ち主が変わるようなことがあったとしても、自分が建てた店に異変があったらきっと連絡してくれると思ったに違いない。そして今回、シンゾウはその信頼に応《こた》え、メモを探し出し、ショウタに連絡を取ったという。

「ずいぶん昔の縁なのに、この人はちゃんと覚えてて、あの店を改築することになった、変わっちまう前に、一度見に来たらどうだ、って電話をくれたんです」

「ごめんよ、美音坊。大幅に弄るつもりはないことはわかってたんだが、やっぱり建てたまんまとは違っちまう。親父さんとの思い出の現場だし、一目だけでも……って思ってな」

そう言うとシンゾウは、勝手にショウタを呼んだことに加えて、日程調整に時間がかかり、二、三日だけ待ってもらうつもりが一週間以上経ってしまったことを詫びた。

もちろん美音は、そんなことを責める気は毛頭ないし、いかにもシンゾウらしい気配りだと感心するだけだった。

「シンゾウさん、そんなの気にしないでください。むしろ、よく気がついてくださいました」

「そうかい？　ならいいけどよ」

「もちろんです。内装を大きく変えるつもりはありませんけど、水回りとか壁紙とかやっぱり少しはきれいにしたいと思ってます。できれば新築当時に戻したいぐらいですが、デザインとかも昔の物は手に入りませんし、感じは少しは変わっちゃうと思うんです」

「だよな……。じゃ、やっぱり呼んでよかった」

満足そうにしているシンゾウに頷き返し、美音は今度はショウタに話しかけた。

「もっと早くに寄ってくださればよかったのに。うちはたとえお酒が苦手でも、未成年じゃなければ大歓迎なんですよ」

美音はそう言いながら、ショウタのために大きな湯飲みにたっぷりの煎茶《せんちゃ》を淹《い》れる。続いてシンゾウを窺《うかが》うと、俺には酒をくれ、と顔に書いてあった。

「シンゾウさん、冷酒にしますか？　それとも冷や？　お燗《かん》もおすすめですけど」

「夕方からこっち、急に冷え込んできたから燗にしてもらおうかな」

「じゃあ、熱燗で」

今日は本当に冷えますね、と言いながら美音が徳利に注《つ》いだのは『大七《だいしち》　純米生酛《きもと》』、福島県二本松市《にほんまつし》にある大七酒造株式会社が醸《かも》す酒である。『おせち料理によく合ってお燗にすると美味しい酒』の一位に選ばれたことのある銘柄《めいがら》で、しっかりとしたコクがあり、脂《あぶら》の乗った食べ物にも負けない濃い味わいが自慢の酒だった。

シンゾウの目尻が思いっきり下がる。

「『大七　純米生酛』か！　こいつぁいいな！　となると、肴《さかな》は……」

「焼き豚が焼きたてです」

「最高だ！」

『ぼったくり』の焼き豚は、正真正銘の焼き豚である。

焼き豚と言いながら、その実『煮豚』を出す飲食店は多い。そんな中で、美音が出すのは、丸二日タレに浸して味をしみこませた豚肉を、オーブンで焼き上げた、文字どおりの『焼き豚』だった。

しかも、脂《あぶら》の甘さを味わえるバラ肉と、肉そのものの旨みが持ち味の腿肉の両方を用意し、お好きなほうをお選び下さい、というのもいつもながらの二択である。

味がしっかりしみこんだ焼き豚は冷めても十分美味しいが、焼きたてで脂が透《す》けて軟らかいうちにスライスしたものは、酒の肴《さかな》にもってこいだ。シンゾウはとりわけ、端っこのかりかりに焼けた部分が好きで、今オーブンから出したばかりと聞いた日には、とにかく端っこをくれ、と念を押すほどだった。

熱燗《あつかん》の『大七　純米生酛』と脂が多い焼き豚の端っこ。それはシンゾウの、身が縮むような寒い日の楽しみだった。

「これを食うと、寿命が延びるような気がするぜ」

「シンゾウさん、それはどっちかっていうと逆なんじゃない？」

馨はいつもそう言って笑う。

脂がたっぷり乗った焼き豚は、どちらかというとシンゾウぐらいの年代には控える食品ではないか。薬剤師の資格を持ち、実際に薬局を営《いとな》んでいるとは思えない発言だ、というのが馨の意見だった。

「いいんだよ。健康のためにあれもこれも我慢するよりも、うまいうまいって喜んで食ったほうが身体にいいに決まってる」

そしてシンゾウは、「なあ、あんたもそう思うだろ？」なんて隣のショウタにまで同意を求めた。

それなのにショウタは、馨とシンゾウの会話などそっちのけで、カウンターを撫でてみたり、壁との境目に目を走らせたりしている。

もう三十年以上前になるだろう自分たちの仕事が、どれほどきちんと、今、役に立っているのか確認したくてならないと言わんばかりだった。

「あの、ショウタさん。今なら他のお客さんもいらっしゃらないし、もしよろしければ、カウンターの内側もご覧になってください。あ、写真とかも……」

美音の言葉に、ショウタは本当に嬉しそうな顔で早速携帯を取り出し、あちこちを撮り始めた。

内装を撮り終えた後、ショウタは躊躇《ためら》いがちに訊《たず》ねた。

「外から、暖簾《のれん》を入れて一枚撮ってもいいですか？」

「もちろん。うちがちゃんとショウタさんたちが建ててくださった店で商《あきな》いしてるって証明ですものね」

美音がにっこり笑って答えると、ショウタは軽く会釈《えしゃく》して外に出て行った。後ろ姿を見送ったシンゾウがぽつりと呟《つぶや》く。

「厳しい親父だったらしいぞ、ここ建てた棟梁は」

昔ながらの職人で、何人もの弟子を育てたけれど、ことさら自分の息子には厳しかった。

ショウタは父親の大工としての仕事ぶりに感化され、自分もその道で生きていきたいと思ったそうだ。だが、学校を終えていざ修業に入ってみたら、予想とは大違い。

家にいる時は無口とはいえ、少しは父としての優しさを示してくれていたのに、職場に入ったとたんに父は豹変《ひょうへん》する。叱られたり怒鳴られたりする度に、息子なのだから少しは手加減してくれとまでは言わないけれど、せめて他の弟子たち同様の扱いをしてほしいと思ったそうだ。

何度もくじけそうになりながらも修業を続け、もうおまえは一人前だと父親にお墨付きをもらったのが三十二になる年だった。その後は、別々の現場に入り、ひとりで仕事をこなすようになったけれど、時折父親の仕事を見るにつけ、やはり敵わないとため息ばかりついていたらしい。

その父親が、ある日ショウタを呼んで、同じ現場に入らないかと誘ってきたという。驚いて訳を訊ねると、自分はこの現場を最後に引退すると言う。

父親はその時点で七十二歳。命に関わるような怪我や病気をする前に引退し、余生を楽しみたいという父親に、戸惑いはしたものの止める理由もなく、ショウタは一緒に現場に入ることを承諾したそうだ。

シンゾウは、もう三十年近く前に聞いたというショウタの話を、昨日のことのように語った。そして、いったん話を切り、美音の様子を窺《うかが》った。

「というのが、昔の話。ここから先は、今回ショウタさんに連絡を取ったときの話なんだが……。こんな話は退屈かい？」

「とんでもありません。この店がショウタさんとお父さんの最後の現場だなんて、すごく感動的です。是非詳しく聞かせていただきたいです」

「ならよかった。でな、そのときはそれで済んだ。だが、いざその現場に入るって前の日、ショウタさんは急に落ち込んじまったんだとさ」

「落ち込んだ……？　どうしてですか？」

「ショウタさんの親父さんは、徹底して『技は見て盗め』ってタイプだったそうだ」

いかにも昔の職人だよな、とシンゾウはなんだか嬉しそうにしたあと、また厳しい顔になって言う。

「独り立ちしたとはいえ親子だ。それまでは、お互いに助っ人を務めることもあったんだそうだ。だが、引退となったらそうはいかない。親父さんの仕事はもうこれきり見られなくなっちまう。盗み切れていない技は山ほどあるのに……ってさ」

「なるほど……」

それは、突然両親を事故で失った美音には、とても共感できる話だった。

　まだまだ自分は一人前じゃないのに、見習うべき人が目の前からいなくなる。ショウタはその時点ですでに独り立ちしていたにしても、やはり困惑したに違いない。

「ショウタさん、さぞやお辛かったでしょうね……」

「だよな。ところが、実際はそうじゃなかったんだ。親父さんはちゃんと考えがあって、ショウタさんを現場に呼んだらしい」

　シンゾウは、今度は心底嬉しそうな顔で説明を続けた。

「ショウタの父親は、普段から仕事のやり方を説明する人ではなかった。にもかかわらず、最後の最後、この店を造るときだけはひどく饒舌《じょうぜつ》になったそうだ。

「技のひとつひとつを、それこそ手取り足取りで教えてくれたそうだ。道具を当てる角度とか、力の入れようとか、間近で見なければわからないようなことを懇切丁寧に説明してくれたらしい。そして、最後の最後に言ったんだってさ。『これが俺の全部だ。俺が持ってるものは全部おまえに伝えた。あとはおまえ次第だ』って……」

その台詞《せりふ》を聞いたショウタは、思わず涙をこぼし、父親に深く頭を下げたそうだ。

「仕込んでくれてありがとう、って言ったんだってさ。偉いよな、ショウタさん。なかなか親相手に言えることじゃねえ」

「本当ですね……。その思い出の現場がこの店なんですね……」

美音はそう言うと、店の中をぐるりと見回した。

子どものころから飽きるほど見てきた『ぼったくり』の店が、これまでとは違ったものに見える。それと同時に、そんな大事な思い出の場所に手を入れることに、罪悪感のようなものを覚えずにいられなかった。

「やっぱり……弄《いじ》らないほうがいいのかも……」

「いや、美音坊、それは違う。俺は何もそんなことを言いたいわけじゃねえんだ」

シンゾウは腰を浮かし、カウンターから乗り出すように美音に言う。そこで引き戸が開き、ショウタが戻ってきた。

「すみません。つい懐かしくて、何枚も写真を撮ってたら遅くなってしまいました。あれ？　どうしたんですか？」

ショウタは、立ち上がったままのシンゾウを怪訝《けげん》そうに見た。

「いや、あんたと親父さんの話をしたら、美音坊が『弄らないほうがいいのかも……』とか言い出して、参ってたところだ」

「弄らないほうがいい？　この店の改装の話ですか？」

「ええ。だって、この店の全部にショウタさんとお父様の思い出がこもっているのでしょう？　私たち以上に、大事な場所じゃないですか」

ところが、それを聞いたとたん、ショウタは笑い出した。

「いや、思い入れがあるのはこの店に限ったことじゃありません。どの現場だって、大工は……というか俺や親父は一生懸命造ってきましたし、思い入れがあります。確かにここは親父との思い出の現場に間違いありませんが、それとこれとは話が別。それに、思い入れがあるからって家を弄れないとか言い出されたら、一番困るのは大工です。仕事がなくなっちまうんですから」

大事な思い出があるからこそ、こうやって見に来たし、写真だって撮りまくった。でもそれで十分だ、とショウタは言う。それよりもむしろ、上に住めるようにすることで商《あきな》いがしやすくなり、店が流行《はや》ってくれるほうがずっと嬉しい、と言うのだ。

「自分が建てた店に、たくさんの人が出入りする。それは大工冥利《みょうり》に尽きます。だからこそ、建てたばっかりの店が二年ぐらいで左前《ひだりまえ》になって、そのまま潰れて閉まったときはへこみました」

ショウタによると、『ぼったくり』の前にこの建物を使っていた店が潰れたときは、親子揃って大いに落ち込み、やけ酒を呑んだそうだ。

「親父は大して酒は強くない。そりゃあもう、二日酔いで大変な目に遭《あ》いましたよ。親父なんて、あんなに使い勝手を考えて、一生懸命建てたのに、何で潰しちまうんだ！　って吠えてました」

どの建物だって同じだと言いつつ、やはりショウタ親子のこの店への思い入れはただならぬものがあるようだ。さもなければ、引き渡したあとの店が潰れたことまで知っているわけがない。近所ならともかく、住まいからずいぶん離れていると言っていたのに……

シンゾウは、ショウタの肩を慰《なぐさ》めるように撫でさすったあと、また訊《たず》ねた。

「そうだろうなあ……。じゃあ、店が入れ替わったのも知ってたのかい？」

「ええ。偶然、近くの現場に入ることがあって」

その現場の作業を終えたところで、ショウタは、この近くに父親と最後に入った現場があることを思い出して足を向けたという。

「前に親父と見たときはシャッターに『貸店舗』の張り紙がありました。でも、仕事帰りに見に行ったときは新しい暖簾《のれん》がかかっていて、中に人の気配も……。でも、やっぱり入れなくて、まあいいかって帰ってきたんです」

ショウタは、建物がちゃんと使われているならそれでいい、と安心したそうだ。

ところが、しばらくしてまた違う現場に入るためにこの町を訪れた際、帰りがけに前を通ってみたら、以前とは違う店名になっていたそうだ。

「前のときは、どこにでもあるような名前だったはずなのに、新しい暖簾には『ぼったくり』なんて、どうにも物騒な屋号が書かれていました」

また潰れてしまったのかと思っていたが、外から覗いた限り、中の様子に変わりはない。それでも気がかりで、近くのコンビニで訊《き》いてみたが、ただ名前が変わっただけとの答えだった。自分たちが建てた店が、二軒続けて潰れるなんて縁起でもないことにならなくてよかった、と安堵はしたものの、なんとも不思議なことをする店主だと親子して首を傾げたらしい。

「俺は例によって、まあいいか……で済ませましたが、親父は一度か二度、お邪魔したようです。店の名前を変えたことよりも、この名前で大丈夫なのかと心配になったみたいで……」

「お、お騒がせしました……」

慌てて謝る美音に、ショウタはいやいや……と笑顔を返してくれた。

「親父は二度お邪魔したあと、言ってました。値段も良心的だし、味もいい。いい客もついている。あれならたぶん大丈夫だろうって」

「お、親父さん、わかってるねえ」

その『いい客』の筆頭が俺だからな、と自慢するシンゾウに、うんうんと頷き、ショウタはちょっと眉根を寄せた。

「親父が亡くなるまで、店はちゃんと続いてました。でも、親父が亡くなってしばらくしたあと、この店の大将が亡くなったことを聞きました。しかも、奥さんも一緒に……」

この店はいったいどうなるのだろう、と心配したが、主夫妻《あるじ》にはふたりの子どもがいて、後を継いだと聞いて胸をなで下ろした。

一度行ってみたいと思っていたものの、下戸《げこ》の自分に居酒屋の暖簾《のれん》はくぐりづらい。一緒に行く父親もすでに亡く、そのうちどんどん時間が経っていった。今回シンゾウから連絡をもらって、最後になるなら……と足を運んだ、というのがことの顛末《てんまつ》だった。

この店を建てた当時の、若かった大工の面影は今のショウタからはもう窺《うかが》い知れない。

それでも、シンゾウは『あんた、何から何まで親父さんそっくりになったな』なんて笑っているから、姿形だけでなく力量も、尊敬する棟梁だった父親に近づいている、あるいは越えているのだろう。

そんなことを考えながらふと見ると、シンゾウが盃に向けて徳利を振っている。おそらくそれが最後の一杯だったのだろう。

「シンゾウさん、もう一本つけましょうか？」

酒のおかわりを問う美音に、シンゾウは少し考えたあと、首を横に振った。

「いや、もう身体も温まったから、次は冷酒をもらおう。そうだな……ちょいと軽めで、すいすい呑めるのがいいな。馨ちゃん、選んでくれよ」

「すいすい呑めるお酒……」

いきなり話題を振られたというのに、馨は別段驚きもせず、目を宙に向けて考え始めた。おそらく今冷蔵庫に入っている酒の銘柄《めいがら》を思い浮かべているのだろう。

やがて馨は、うん、と小さく頷き、冷蔵庫のところに行った。扉をそっと開け、一本の酒を取り出す。銘柄は『ZE《ぜ》ロ《ろ》万《まん》　純米吟醸《じゅんまいぎんじょう》　生酒《なまざけ》』、福島県にある花泉酒造《はないずみしゅぞう》合名会社が醸《かも》す酒だ。

この酒は季節ごとに出荷される『ロ万シリーズ』と呼ばれる銘柄のひとつで、

発売時期は十二月。『ぼったくり』にも入荷してきたばかりである。

『ZEロ万　純米吟醸　生酒』は福島県産のうつくしま夢酵母を用い、アルコール度数も十五度に抑えた、すっきりと呑みやすい酒として評価されている。シンゾウの『すいすい呑める酒』という注文にぴったりの一本だった。

馨は取り出した酒を、慎重にグラスに注《つ》いでいる。

以前なら勢いよく冷蔵庫の扉を開け、酒瓶を確かめながら考えていただろう。酒を注ぐ仕草にも、もっと勢いがあった。けれど、今は頭の中で酒を選んでから静かに扉を開け、大事に酒を注ぐ。

在庫としてある銘柄が頭に入っているし、扉の開け閉めによる温度変化、注ぐ際の振動が酒に与える影響をわきまえているからこそだった。

美音は、妹の成長を喜びながら、鍋の中で沸き立つ煮汁に生卵を割り入れる。

茹《ゆ》で卵を醤油《しょうゆ》とみりん、酒で煮込んだ『煮卵』はよくあるが、卵を茹でずに割り入れる『卵の煮込み』を出す店は珍しいかもしれない。

茹で卵を使う『煮卵』は、卵を茹でる時間に加えて煮込む時間も必要となる。

ただ漬け込むだけにしても、何時間もかかってしまうのだ。

その点、ものの数分で作れる上に、合わせる酒を選ばない『卵の煮込み』は、酒好きには重宝される一品である。とりわけシンゾウは、冬の寒い時期に煮上がったばかりの卵に舌を焼かれながら冷酒を飲むのが好きだった。

注《つ》がれた酒を一口含み、舌の上で転がすように味わっていたシンゾウが嬉しそうな声を上げる。

「お、『卵の煮込み』だな！　美音坊、相変わらずわかってくれてるねえ！　この酒、いい感じに軽めだから、持ち味を壊しちまわねえようにちょいと薄味で頼むよ！」

鍋の中でふつふつと煮える卵に目尻を下げながら、シンゾウが注文をつけてきた。はーい、という美音の返事を聞いたあと、彼はまたショウタに向き直った。

「ほらな。こんなふうに、この子たちはちゃんと客の好みをふまえた酒や料理を出してくれる。先代は逝《い》っちまったけど、しっかり跡取りを仕込んでいったんだ。店だって先代の間に買い取ったし、もう心配ない」

店を弄《いじ》るのも、結婚して上に住むためだ、というシンゾウの言葉に、ショウタはうんうんと頷いた。きっと、店を改装できるぐらい繁盛しているなら、今後も安泰だと考えたのだろう。

「立派な跡取りさんだな。先代は幸せ者だ」

「なに言ってるんだい。ショウタさんだって、立派な跡取りじゃねえか」

「立派かどうかはさておき、俺はとりあえず跡取りには違いない。でも、俺の息子は大工になっちゃくれなかった」

自分は、父親の仕事に憧れて後を継いだ。けれど、息子に同じように考えてもらえる仕事ぶりではなかったらしい。父親から受け継いだ技術はここで途絶えてしまう……とショウタは少し寂しそうに語った。

「ごめんよ、親父、って仏壇に拝む毎日です」

自嘲たっぷりの笑いを浮かべ、ショウタはすっかり冷めてしまった煎茶《せんちゃ》をごくりと飲む。

ショウタの息子は、これからはＩＴの時代だ、と情報関連の企業に就職したのだという。その会社でちゃんと仕事をしているから、もう大工になることはあり得ない。問答無用で親の後を継がせる時代ではないのだから仕方がない。とはいっても、自分が情けない、親父に申し訳ない、という気持ちはなかなか消えない、とショウタは少し遠い目で呟《つぶや》いた。

「ま、考えてみたら息子の言うとおりなんです。そもそも、今は便利な道具がいろいろできて、昔ながらの技術なんて必要とされません。家を建てるにしても、なんでも工場でがーっと作って現場に運び込んでしまう。そこに大工の技の入り込む隙はほとんどありません」

ゆっくりと時間を掛けて、細かい細工をするような大工はもう必要とされない。需要があるとしたら、よほど大きくて贅沢《ぜいたく》な日本家屋ぐらいだろうけれど、そんな現場をショウタたちのような小規模でやっている大工が請け負うことはできない。

それを考えたら、大工ではなく普通の企業に就職した息子の判断は正しい、とショウタは言い切った。

「そうとは限らねえと思うがなあ……」

シンゾウは頭を掻きながら、困ったように言う。とはいえ、これといった反論材料もないようで、そのままシンゾウは口を閉ざした。

せめても……というわけでもないが、お茶を熱いものに入れ替えながら、美音は重くなってしまった空気のやり場に悩む。

こんなとき、リョウやアキといった元気な客が入ってきてくれればいいのに。いや、この際、誰でもいいからこの空気を変えてくれないか、と思っていると、タイミングよく引き戸が開いた。

よかった、これでなんとか、と思って顔を上げた美音の目に入ってきたのは、遅い時間の常連だった。

「おや、タクのとーちゃんじゃないか。今日はずいぶん早いな」

「こんばんは、シンゾウさん。あいにく、今日は客じゃないんですよ。ちょっと調べたいことがあって寄りました」

そう言いながら要は、鞄から図面を取り出した。

どうやら要は今も仕事中、佐島建設の社員として『ぼったくり改築工事』の打ち合わせに来たということらしい。

「それはそれは……。佐島建設さん、遅い時間までお疲れさまです」

そう言って迎え入れた美音を軽く睨《にら》み、要はシンゾウとショウタに声をかける。

「すみません、ちょっとお邪魔していいですか？」

「どんどんやってくんな。さっさと工事を進めてくれっていうのは、俺たちの希望でもあるんだからな」

「お言葉に甘えます」

要はふたりに頭を下げたあと図面を広げ、美音に訊《たず》ねた。

「今日、設計士がおれのところに来たんだけど、壁の中の柱の位置とか電気の配線のことでわからないことがあるから、ちょっと確かめてきてくれないかって頼まれてさ」

増築をするなら、元の建物の構造をしっかり把握する必要がある。建築当時の設計図や仕様書を見るのが一番だが、『ぼったくり』の先代が建てたわけではないのだから、図面だって持っていないだろう。かくなる上は、実物から判断するしかない、ということで、見に来たのだと要は言う。

「へえ……すごいですね。要さん、そういうこともできるんですか……」

外から見ただけで、柱や配線の位置までわかるなんてさすがですね、と美音が感心すると、要は申し訳なさそうに笑った。

「すごいだろ？　って言いたいところだけど、本当のところは、このあたりに柱がありそう……ぐらいで配線に至ってはさっぱり。実は、近々ちゃんとしたセンサーを持ったやつが来るように手配してきた。現場を見てくるっていうのはただの口実」

「なんだよ、結局サボりじゃねえか。だったら図面なんて引っ込めて、さっさと座れよ」

シンゾウは笑いながら、要を促《うなが》す。要は大人しく図面を鞄に戻し、シンゾウの隣に座った。

そのとき、シンゾウの向こう側でなにやら考えていたショウタが口を開いた。

「あの……差し出がましいようですが、ここの図面、うちにあるかもしれません」

「え……?」

要は驚いたような顔で、シンゾウの隣の男に目を遣《や》った。早速シンゾウがショウタを紹介する。

「こちらは、このお店を建てた大工さんだ。『ぼったくり』を改築するってんで、最後だから見に来ねえか、って俺が声をかけたんだ。でもって、ショウタさん、こちらは……」

「今回、増築する部分の施主《せしゅ》さんなんですよ」

シンゾウの紹介が終わる前に口を挟んだ美音に、馨が噴き出した。なんとも不満げな要の顔を見て、シンゾウも笑いながら言葉を足す。

「ショウタさん、この男はもうすぐ美音坊の旦那になるんだ。でもって、この人は佐島建設に勤めてて、今回の増築は佐島建設が請け負ったってわけだ」

「なるほど……。でも、佐島さんがこんな小さな店の改装を手がけるのは珍しいんじゃないですか?」

佐島建設は大規模マンションとか工場、学校といった大きな建物ばかり作っているイメージがある。狭小と呼んでいいほどの店の扱いには慣れていないのでは？　とショウタは心配した。

「確かにうちでは珍しい仕事です。どちらかと言えば個人の大工さん、じゃなければ中小規模の工務店向きですよね。でも、自分の家ですし、他に任せる気にはなれなかったんですよ」

なにより急ぎの工事だ。自分の会社なら、部材や職人の手配についても多少は無理が利くというのが一番の理由だった。

一日でも工期を縮めたい要にとって、建物構造を調べる手間さえ惜しい。建築当時の図面が残っているのなら、それを基に確認作業を進められる。要は勢いこんでショウタに訊《たず》ねた。

「図面、本当にあるんですか？」

「あると思います。全部の図面を置いておくわけにはいきませんから、古い物から処分してるんですが、この店の分は今でも大事にとってあるはずです」

父親が亡くなったときにはちゃんとあったし、家の者が図面を勝手に処分することはない。自分が捨てていないのだからあることは間違いない、とショウタは断言した。

「図面ばっかり入れてある棚があるんです。おそらく、そこに入ってると……」

「それ、お借りできますか？」

「もちろん。明日にでもこちらに……」

「わざわざ持ってきていただくなんて申し訳なさすぎます。おれが取りに伺います。なんなら今からでも！」

それで半日でも一日でも工期が短くできるなら、どこまでだって取りに行く、と言わんばかりに要はショウタに詰め寄った。

「あ、じゃあ早速……」

要の勢いに押されたのか、ショウタは即座に腰を上げた。もちろん、要はとっくに立ち上がっている。そんなふたりを美音は慌てて止めた。

「ちょっと待って！　ふたりとも食事ぐらい召し上がっていってください。要さんも、どうせまた昼ご飯を食べていないんでしょ？」

美音の推測は当たっていたらしく、要は気まずそうに座り直した。ショウタもそれに倣《なら》う。

美音が焼き豚を一センチ角に刻む傍らで、馨が葱《ねぎ》を微塵《みじん》切りにする。次いで、ボウルで卵をかき混ぜる美音を横目に、馨が炊飯ジャーからご飯をよそった。

そこでシンゾウが、歓声を上げる。

「お、焼き豚チャーハンだ。ショウタさん、ここのチャーハンは下手な中華料理屋の百倍旨いぞ！」

ショウタが興味津々《きょうみしんしん》で覗き込む中、美音は中華鍋に入れた胡麻《ごま》油を煙が立つほどに熱し、一気に溶き卵を流し入れた。

間髪《かんはつ》を容《い》れずご飯を入れ、卵を全体に絡ませて、葱と焼き豚を投入。塩胡椒《こしょう》と鶏ガラスープの素で味をつけ、削《けず》り節をたっぷり混ぜ込んだあと醤油《しょうゆ》を鍋肌に沿ってたらり……

醤油の香ばしい匂いにカウンターの三人の喉がごくりと鳴った。

「はい、焼き豚とおかかのチャーハンです」

その言葉が終わるより早く、三人はスプーンを手にしている。できたての香ばしいチャーハンを黙々と食べる姿を、美音は満ち足りた思いで見守った。

「ごちそうさま。じゃあちょっと行ってくるよ」

「気を付けて。あとでまた」

その一言に、戻ってきてくださいね、という気持ちがたっぷり込められていて、要はもちろんシンゾウまでもにんまりと笑う。

了解と言わんばかりに手を振って、要はショウタと一緒に出ていった。

このところ毎日のように出入りしている要はいいにしても、せっかく来てくれたショウタに悪いことをしてしまった、と反省していると、くくっという声が聞こえた。

声がしたほうを見ると、シンゾウが目を弓形にしている。

「タクのとーちゃん、工事を早く仕上げたくて必死だな」

「ショウタさんには申し訳ないことをしてしまいました。次にいらっしゃったときは、ご馳走させていただかないと……」

「気にすることねえよ。ショウタさんは建物を見に来ただけだし、中も表も存分に見たんだから、用事は済んでる。それに、あの男だって伊達《だて》に年は取ってない。タクのとーちゃんの気持ちぐらい察してくれるさ」

早く仕上がれば、それだけ早く一緒に住み始められる。これまで遅々として話が進まなかっただけに、要が一生懸命になるのは当然だし、事情を知らなくても焦る気持ちは伝わってくる、とシンゾウは笑った。

「でもやっぱり、途中で席を立たせるようなことをしてしまったし……」

「ま、美音坊がそこまで言うなら、工事が終わったあとにまた声をかけるよ。新しくなった『ぼったくり』を確かめに行こうってさ。そのときは、せいぜい奢《おご》ってやってくれ」

「わかりました」

シンゾウの配慮に、美音は深々と頭を下げた。ところが、その頭を上げないうちに、シンゾウは今までとはまったく違う話を始めた。

「美音坊、『ぼったくり』は今のところ日曜日しか休んでないよな？」

「ええ、そうですけど……それがなにか？」

日曜日を休むというのは、父の代からずっと続いてきたことで、それ以外の休みといったら、正月の三ヶ日と秋に三連休を取るのがせいぜいだった。そしてそれは、常連のみならず、この町の住民すべてが知っていることである。なぜ今になって確認してくるのか、美音にはさっぱりわからなかった。

シンゾウは、怪訝《けげん》な顔をしている美音を見て、小さくため息をついた。そして、引導を渡すように言い切った。

「悪いことは言わねえ、もうちょっと休みを増やすことを考えたほうがいい」

「休みを増やすの⁉」

そこで奇声を上げたのは馨だった。

生来のお出かけ好き、遊び好きの馨にとって、休みが増えるのは嬉しいことに違いない。やっぱり一日じゃ不満なんだろうなあ……と思っていると、意外なことに馨は反論を始めた。

「シンゾウさん、それはちょっとどうかと思うよ」

「どうかって？　馨ちゃんは、休みが増えるのが困るのかい？」

「休みは多いほうがいいけど、工事にはお金がかかるし、お姉ちゃんは今まで貯めてたお金を全部吐き出しちゃうわけでしょ？」

工事にかかる費用は自分が出す、と要が言ったらしい。にもかかわらず、姉は一階部分の修繕、補強に関しては自分が払うと譲らなかった。増築にかかる費用に比べれば額は小さいかもしれないが、それでも姉の貯金で払いきれるかどうか疑問だと馨は言うのだ。

「要するにお姉ちゃんはすっからかん。ちょっとでも店を開けて、稼がないと大変だと思うんだよね。あ、お姉ちゃんだけじゃなくてあたしもだけど」

自分だっていつかは結婚するし、子どもだってほしい。結婚式にはそれなりに夢を持っているし、子どもにかける費用は膨らむ一方だと聞いている。お金はいくらあっても邪魔にならない。なによりも、今回の改装工事にあたって、自分は費用を負担することができなかった。今、直したからといって、この先ずっと使えるわけではなく、いずれまた修繕が必要となるだろう。そのときは、自分も費用を負担したい、と馨は真面目な顔で語った。

「この店の主《あるじ》はお姉ちゃんだし、お金のことだってちゃんと考えてると思う。でも、ここはもともとお父さんとお母さんの店で、それを守っていくのはあたしたちふたりの責任だと思う。あたしだって、この店のためになにかしたいんだよ。そのためには、ばんばん稼いでお金を貯めておかなきゃ」

「いや、驚いた。馨ちゃん、案外先のことまで考えてるんだな……」

シンゾウは、普段からちゃらんぽらんなことを言いがちな馨が、しっかり将来設計を立てていることに目を見張りながらも、やはり自説は曲げなかった。

「だがよー。タクのとーちゃんは言うに及ばず、馨ちゃんの彼氏だって、しっかりしたとこに勤めてるって聞いたぞ。そこまで心配しなくてもいいんじゃねえか？」

少なくとも生活費の心配はないだろう。だとすれば、姉妹が稼いだ分はそのまま残っていくのではないか、とシンゾウは言う。だが、馨はそんな意見を一蹴した。

「なに言ってるの、シンゾウさん。結婚したからって旦那さんにおんぶにだっこなんて、あたしは嫌だよ」

そこで馨は、確かめるように美音を見た。もちろん、美音だって同じ意見だ。

「この店は私と馨が両親から引き継いだものです。だから、店のことで要さんや哲君を煩《わずら》わせたくないですし、生活にかかるお金だってきちんと出したいです。そりゃあ、全然稼ぎが違うでしょうから、まったく平等とはいかないでしょうけど……」

「うーん……確かにそりゃそうなんだが……。やっぱり俺は心配なんだよ」

美音と馨は顔を見合わせた。シンゾウがなにを心配しているのか、さっぱりわからなかったからだ。そんな姉妹を交互に眺め、シンゾウはまた話し始めた。

「そうやって片意地を張ってばかりだと、大事なことを見過ごさねえかってことさ。いくらタクのとーちゃんが手のかからん男だとはいっても、あいつは忙しくて飯を食う暇もないような仕事に就いてる。間近でそんな姿を見たら、美音坊は何でもかんでも自分でやっちまおうって考えないか？　今まで馨ちゃんと分け合ってきた家のことも、全部美音坊が引き受ける羽目になるんじゃねえか、って俺は心配してるのさ」

「そんなこと……」

「ないって断言できるか？」

家事にかかる労力は馬鹿にできない。たかだか大人ふたりのこと、馨と要が入れ替わるだけで作業量としては今までと変わらない、と美音は考えるかもしれないが、やはり同じようにはいかないだろう。要は作業服を着る仕事だから、洗濯だけでも今まで以上に手間がかかる、とシンゾウは指摘した。

「大丈夫です。要さんは学生時代にひとり暮らしをしてましたから、家事のノウハウはあります。本人も、休みの日に一緒にやろうって……」

「それは心強いな。だが、たとえ休みにふたりでやるにしても、それだと家事だけで一日が終わっちまう。そりゃ、新婚の間は一緒にいるだけで嬉しいかもしれねえが、余裕がなさすぎる。もう一日休みを取って、『ふたりの時間』ってやつを持ったほうがよくねえか？」

毎週は無理でも、月に一日か二日、日曜日以外に休む日を設けてはどうか。それを使って家で寛いでもいいし、出かけてもいい。とにかく、ふたりで楽しむ時間を持つことで、円満な関係を築いていけるのではないか、とシンゾウは言うのだ。

これには馨も大いに納得したらしく、手を打たんばかりだった。

「なるほど！　言われてみればそうだよね。哲君は週休二日だけど、あたしが一日しか休めなければ、一日しか休みがないのと変わらないよね。万が一、日曜日に遊ぶために、土曜日に哲君がひとりで家事を全部すませてくれたりしたら、申し訳なくて楽しむ気持ちにはなれないし」

「お、馨ちゃん、いい心がけだ。夫婦ってのは、他人の集まりなんだ。気遣いがなくなったら、あっという間に壊れちまう」

「でしょ、でしょ？」

シンゾウと馨は意気投合し、しきりに頷き合っている。だが、美音にしてみれば、休みたいのは山々だが、客に迷惑をかける、あるいは、それによって客足が落ちる不安のほうが大きかった。

「でも、せっかく来てくださったお客さんが、店が閉まってるのを見たらがっかりするでしょう？　この店は駅からも遠いし……」

「美音坊の心配はわかるが、意外に客は平気だよ。この店にふらっと入ってくるやつは滅多にいねえし、常連の大半は近隣。遠くから来てる奴らにしても、前もって『この日は休みます』って知らせておけば、大丈夫。それで空振りしたって自己責任だ」

「そうそう。今は『ぼったくりネット』もあるし、常連さんたちにはちゃんと連絡できるよ。それでも不安なら、いっそホームページでも立ち上げる？」

なんならあたしが作るよ、と馨はいとも簡単に言う。確かに、パソコンの扱いに慣れた馨なら、それぐらいは朝飯前かもしれない。

「ホームページを作るなら、馨ちゃんの彼氏かタクのとーちゃんに訊《き》くって手もある。あいつらはそういうの得意だろう？」

「自分でやってみて、どうしても駄目なら訊くよ。哲君はお父さんたちの喫茶店の分も管理してるみたいだし、たぶん助けてくれるはず。でもまあ……あんまり気は進まないけど」

　自分たちのことは自分たちでやりたい、という馨に美音はまたしても大きく頷く。だが、シンゾウはそんなふたりに釘を刺すように言った。

「夫婦は平等にってのは大事なことだ。どっちかにしわ寄せがいかないよう気を配らないようじゃ、夫婦はあっという間に破綻する。でもな、相手は男なんだ。違った気の配りようもあると思うぞ」

「どんな？」

　思いっきり首を傾げた馨に、シンゾウは説明を始めた。

「たまには花を持たせてやれってことさ。相手の得意分野なら、素直に頼って教えを請う。すごいな、ありがとう、助かったわって大喜びしてやればいい。男は、女房や彼女の役に立つのが嬉しいんだ。ま、これは俺の話だが、あいつらも似たり寄ったりだと思う」

「なるほど……微妙な男性心理だね」

馨に『微妙な』と言われて苦笑いしつつ、シンゾウはカウンターの向こうの美音を見上げる。

「美音坊、これだけは言っとく。『ぼったくり』は先代から一貫して客第一の店だってのはわかってる。でも、これからは客と同じか、それ以上に亭主を大事にしなきゃ駄目だ。そうやって、うんと幸せになってくれ。亭主より客だ、なんて言わせた日には、先代が化けて出てきて、俺たちが叱られちまう」

「シンゾウさん……」

思いやりに満ちたシンゾウの台詞《せりふ》に、美音は言葉をなくす。うっかり涙ぐみそうになった美音を見て、慌ててシンゾウが付け足した。

「とかなんとか言って、実は、この店の居心地の良さを夫婦喧嘩なんかで壊してくれるなってだけなんだがな。あんたらここに住むんだし、気持ち良く呑んでるときにふくれっ面の亭主が帰ってきたら酔いは冷めるし、肴《さかな》の味もわからなくなっちまう。そんなのはごめんだぜ！　それとな……」

シンゾウは、照れ隠しのように話し続けた。仲良し姉妹はけっこうだが、亭主を仲間はずれにするなよ、なんて言わずもがなの注意まで……

両親を亡くしてからずっと、父親のように見守ってくれたシンゾウへの感謝が、美音の心に溢《あふ》れかえる。

なんて深くそして広く、私たちのことを考えてくれる人なんだろう。こんな忠告をくれる人は他にいない。たとえ両親が生きていたとしても、店が第一で、亭主を慮《おもんぱか》れ、ふたりの時間をちゃんと作れ、なんて言わなかっただろう。それどころか、好き合って夫婦になったんだから、家事だろうと何だろうと、一緒にやれるだけで嬉しいはずだ、なんて言われた可能性も高い。

忙しさに紛れ、お互いを大切にする気持ちを育てられずにいるうちに、気持ちはどんどん冷め、夫婦に距離が生まれる。

シンゾウは、そうはなるなよ、と美音に教えてくれたのだ。

——精一杯努力して、居心地のいい店と幸せな家庭を築こう。それが私にできる一番の恩返しだ。

美音はシンゾウの言葉に耳を傾けながら、そんなことを思っていた。

要がショウタから図面を受け取り、再び『ぼったくり』の暖簾《のれん》をくぐったのは閉店間際だった。

「そう……シンゾウさんがそんなことを……」

美音からシンゾウとのやりとりを聞かされた要は、なんとも言えない気持ちになった。思わず『敵わないな……』と続けそうになり、辛うじて堪える。その言葉を口にするのは、あまりにも悔しかったからだ。なんとか言葉を呑み込んで美音を見上げると、彼女はいつも以上に穏やかな笑みを浮かべていた。

「本当に、ありがたいことです。いかに恵まれてるか、実感しちゃいます」

要は、ますます気に入らない。この笑みを浮かべさせたのがシンゾウだと思うと、腹が立つやら情けないやらで居ても立ってもいられないほどだった。

「まったくそのとおりだね。おれは、この町のみんながライバルみたいな気がしてきたよ」

「ライバル？」

「そう。なんとか君の気持ちを引こうと、思いやりをばらまきまくるライバルたち。強すぎて太刀打《たちう》ちできなくなりそうだ」

「そんなわけないじゃないですか。みんな、大人になりきらないうちに両親を亡くした私たちを、心配してくださっただけです。だって、保育園のころから知ってるんですから」

美音は笑って取り合おうとはしない。だが、要にしてみればそれはそれでため息の原因である。

保育園、いやもっと前から美音を知っている者もいる町——この町の人たちは、美音自身が思うよりもずっとずっと彼女を心配している。

もしも要が美音を蔑《ないがし》ろにするようなことがあったら、どんな目に遭《あ》わされるかわかったものではない。もちろん、そんなことをする気はこれっぽっちもないけれど、想像しただけで身の毛がよだつ。おそらく魚屋のミチヤ、八百屋のヒロシ、肉屋のヨシノリは商売道具の包丁を持ちだし、植木屋のマサは植木鋏を手に襲いかかってくるだろう。シンゾウに至っては持てる知識と伝手《つて》を総動員して要に毒を盛りかねない。ウメや彼女の息子夫婦にしても、要についてあることないこと、いや、事実無根の虚言であっても言いふらして評判を落とすぐらいのことはするだろう。

心の中で、『くわばら、くわばら』と唱える要をよそに、美音はウイスキーのボトルを取り出した。

ラベルには『あかし』とある。名前から察するに、兵庫で作られたウイスキーなのだろう。

「へえ明石《あかし》の地ウイスキーか……。地ビールって言葉はすっかり定着したけど、次は地ウイスキーなんだね」

「ええ。ウイスキーは輸入酒の代表格だったんですけど、近ごろは国産のものが増えてきました。それぞれの蔵ごとにこだわって造ってますし、味も千差万別。

呑み比べるとすごく楽しいですよ。これは、江井ヶ嶋《えいがしま》酒造株式会社という瀬戸内に面した小さな蒸留所で造られたものです。オーク材の樽に貯蔵したモルト原酒を使っていて、味も香りもとても穏やかです」

そう言いながら美音は氷を入れたグラスに、静かにウイスキーを注《つ》いだ。

カウンター越しに渡されたグラスを鼻に近づけると、上品な甘い香りが伝わってくる。

「あ、確かに……。強い癖はないけど、その分、ロックでもすいすい呑めそうだ」

「でしょう？　要さんはロック派だから、普段呑まれるのにいいんじゃないかなと思ったんです」

「うん。この控えめな感じがすごくいい。これ、手に入れるのは難しいの？」

地ウイスキーの中には、流通量が少なくて蔵まで行かないと買えない銘柄《めいがら》も多い。せっかく気に入ってもなかなか呑めないとしたら残念すぎる。けれど、要の問いに対する美音の答えは、大いに期待が持てる内容だった。

「わりといろいろなところで買えますよ。通販はもちろん、ちょっと大きなスーパーなら普通に並んでると思います。ウイスキーは日本酒ほど温度管理にも気を遣わなくて良いし、扱いやすいんでしょうね」

「それはありがたい」

機会があったら探してみよう、とカウンターに置かれた瓶のラベルを頭に刻んでいると、美音が訊《たず》ねてきた。

「それで、図面はあったんですよね？」

「もちろん」

それが今日の本題だった、と思い出し、要は鞄を開ける。

ショウタが貸してくれた図面は、古くてすっかり黄ばんでしまっている。手荒く扱えば破れてしまいそうな図面を、要はカウンターの上にそっと広げた。

細かく書き込まれた数字を見て、美音が感嘆の声を上げる。

「図面って、こんなにいろいろ書いてあるものなんですね」

「そりゃそうだよ。これをもとに家を建ててるんだから」

「知りたいことは全部わかりましたか？」

「うん。必要な数字は全部ここに書き込まれてた。あとは建物がこの図面どおりに建てられているか、確認するだけ」

ショウタの父親は優れた棟梁だったそうなので、図面を無視したものを建てる可能性など万に一つもない。それがわかっていても、やはり確認だけはする必要があった。

「これがあれば、増改築用の図面を描くのも簡単になる。柱の位置にしても当てずっぽうにセンサーで探すよりずっと楽なんだよ」

「今、やってしまいますか？」

美音の問いに首を横に振り、図面をまた丁寧に畳み始める。

「さっさと済ませたいのは山々なんだけど、やっぱり今度にするよ」

「どうしてですか？」

「実際に調べるとなると、図面を持ってうろうろしなきゃならないだろう？　それで図面が傷《いた》んでしまったらショウタさんに申し訳ないよ」

本当は借りてくるのもためらわれた。小さなものであれば、コンビニででもコピーして即座に返しただろう。だが、この図面はA2サイズで、コンビニにあるようなコピー機では対応できない。やむなく会社に持ち帰り、コピーしたらすぐに返すと約束してきたのだ。

「どっちにしても、調べるとなったら書き込みもするだろうし、ちゃんとコピーしてからやったほうが、効率がいいんだ。ショウタさんは気前よく貸してくれたけど、よく見たらメモ書きとかもあってさ。たぶんこれ、お父さんが書かれたものだと思う。だからこそ、ショウタさんは大事に保管してたんじゃないかな……」

長年自分を仕込んでくれた父親が最後に入り、持てる技のすべてを伝えてくれた現場である。

その上、書き込みがあるものとなったら、さっさと処分する気にはなれない。すべての職人が同じとは限らないけれど、そんなふうに考える人がいてもおかしくない、というのが要の推測だった。

「そうかもしれませんね……」

畳んだ図面を丁寧に鞄に戻す要を見て、美音は心を温められる思いだった。

何十年も前にこの店を造ったショウタに連絡を取ったシンゾウや、ショウタから借りた図面を天女の羽衣のように扱う要は、人の気持ちの裏側まで考えられる人なのだろう。

自分のことで精一杯の人が多い中、ここまで相手の気持ちを考える人は少数派に違いない。そしてそれは、シンゾウや要に限らずこの店の客のみんなに共通して言えることだ。『ぼったくり』に来てくれる人は誰も彼も心底優しい。美音はそれが嬉しくてならなかった。

「ということで、なにか軽く食べたいんだけど……」

感慨にふけっていた美音は、要の声にはっとした。要が出かけてからずいぶん時間が経っている。チャーハンを食べていったにしても、小腹が空く時分だろう。美音は慌ててコンロのスイッチを捻った。

フライパンにオリーブオイルを入れ、スライスしたニンニクをぱらぱらと落とし込む。弱火でしばらく香りを移したあと、茹《ゆ》でて素揚げにしてあったジャガイモと鷹《たか》の爪の輪切りをいくつか加え、全体が温まったところで塩胡椒《こしょう》。最後に刻んだパセリを振りかければ、ジャガイモのピリ辛ガーリック炒めの完成である。

本来は二、三センチぐらいの小さなジャガイモを丸ごと使う料理なのだが、普通のジャガイモでも十分美味しいし、切ったもののほうが箸《はし》でつまみやすいと言う人もいる。ということで、美音は小さなものが手に入らない日は、普通サイズのジャガイモを使っていた。

「お、クリスマスカラーだね」

鷹の爪とパセリの色合いを見て、要がそんなことを言った。

「いやでもこれ、ほとんどジャガイモの茶色じゃないですか」

「いいの、いいの。年末でクソ忙しくて、クリスマスなんて堪能する暇なんてないに決まってる。どこかでクリスマス気分を味わいたいっていうけなげな気持ちだよ」

「けなげ……」

ククククッと笑いながら、美音はウイスキーのおかわりを注《つ》ぐ。

鷹の爪とガーリックの風味はウイスキーにぴったりだし、揚げたジャガイモは小腹に溜まる。今の要にはちょうどいいつまみだろう。案の定、それ以後要は黙って飲食に専念した。


しばらくして、すっかり満足したらしき要は、そういえば……と話し始めた。

「店を直すのに、ショウタさんの力を借りようかと思ってるんだけど、どう思う？」

「そんなことできるんですか？」

いくら佐島建設が大きな建物中心の会社だとしても、大工のひとりやふたりは抱えているはずだ。それを無視して、違う大工を現場に入れるのは難しいだろう。

ところが要は、難しいかもしれないができないことではないと言う。

「もちろん、会社に確認する必要はあるけど、大工さんっていうか、職人さんたちは基本的に下請けなんだ。うちと職人さんとの間で契約を結んで現場に入ってもらう。まあ、専属になってる職人さんも多いんだけど、新しい人をまったく入れないかというとそうでもない」

　特に昨今建設現場は人手不足が著《いちじる》しく、会社としても新しい職人を欲しがっている。特にショウタのように年季が入っていて即戦力になりそうな人なら、大歓迎される可能性が高い、と要は説明した。

「そうなんですか……。もしそれができるなら、すごくありがたいです」

　この店はショウタにとって思い出の現場だから、思い入れも深いだろう。勝手もよくわかっている。直してもらう上で、こんな適役はいない。ショウタの都合もあるだろうが、多少無理を言ってもお願いしたい、という美音の意見に、要はほっとしたように頷いた。さらに、両手をパンッと合わせて美音を拝む。

「ごめん！　実は、君ならそう言ってくれると思って、もうショウタさんに打診してきた！」

「え⁉」

「だって、こっちは急いでるし、とにかくショウタさんの予定を確認しないと、って……」

店の部分は君が施主《せしゅ》だってわかってるし、無視するつもりじゃなかったんだけど、と要は珍しく言い訳口調だった。きっと、勝手に話をすることで美音がへそを曲げるのではないかと心配しつつも、とにかく早く進めたい気持ちを抑えきれなかったのだろう。

本当にせっかち……と半ば呆れはしたものの、悪い気はしなかった。

「仕事が早い人ですねー、ってことにしておきます。それより、ショウタさんはなんて？　来ていただけそうなんですか？」

「たぶん大丈夫」

要はほっとしたように美音の問いに答え、話を持ち出したときのショウタの様子を語り始めた。

「最初は、あっちからの話だったんだ。改築工事が始まったら、ちょっと覗かせてもらえないか、って訊《き》かれた」

「やっぱり気にしてくださってたんですね」

「そりゃそうだろ。職人なら、自分が一生懸命建てた店を無茶苦茶にされちゃ敵わないって思うよ。でも、おれは駄目だって言ったんだ」

「え⁉　今までと話が違うじゃないですか！」

なんで、どうして、と詰め寄る美音を、要は両手を上げて「どう、どう」なんて宥めた。

「落ち着いて。おれはね、現場を見に来てもらうだけじゃ困る、仕事として来てくれないか、って頼んだんだ」

当面の仕事の予定は決まっているのかもしれない。けれど、店で手を入れなければならない部分はそんなに多くないはずだ。なんとか予定を潜《もぐ》り込ませてもらえないか、と訊《き》いてみたそうだ。

「ショウタさん、相当驚かれたんじゃないですか？」

「うん。口がぽかん、ってなってた。でも、しばらく考えたあと、うんって言ってくれた。『棟梁』の仕事に負けないように、全力で頑張る、って……。親父じゃなくて『棟梁』って言ったんだ。さすがだよね」

親子といえども仕事となれば話は別、そんな意識がある職人ならさぞやしっかりした仕事をしてくれることだろう、と要は嬉しそうに言った。

「ついでに、今、佐島の下請けをやってくれてる若い職人が覗きに行くかもしれないから、そのときはよろしく、って頼んだ。棟梁仕込みの技を見せてやってくれって」

それを聞いたショウタは、しきりに、俺みたいな年寄りの仕事を見ても、と謙《けん》遜《そん》したらしい。だが、要は、長い経験があるからこその技術がある、親父さんから受け継いだ技術をできれば若い職人に伝えてやってほしい、と頼み込んだという。

「ショウタさんもお父さんに、技術は見て盗めって言われたんでしょう？　手取り足取りとまでは言いませんが、せめて見せてやってくれませんか？　とはいっても、うちの若いのが盗みきれるかどうかわかりませんけど……って言ったら、なんか泣かれた」

「泣かせちゃったんですか⁉」

「息子さんが違う職に就いたときにいったんは諦めた。でも、親父から受け継いだ技を若い職人さんにひとつでもふたつでも伝えられたら、今までやってきた甲斐もある、って」

気持ちを落ち着かせたかったのか、しばらく無言で俯《うつむ》いたあと、ショウタは両手で要の手を握ったそうだ。

「本当にありがとうございます、って。さすが職人さんだね」

すごい力でぶんぶん振られた、ちょっと痛いぐらいだった、と要は苦笑いした。

店にとっても、ショウタにとっても、これ以上はないという対応に、美音はただ感謝するばかりだった。

「ありがとう、要さん。きっとショウタさん、すごく素敵なお店にしてくださいますね」

「ショウタさんが喜んで頑張ってくれれば、君も喜ぶ。君が喜べば、おれも嬉しい。その上、うちの若いのも勉強になる。全方位的にwin-win《ウィン・ウィン》だ」

そう言ったあと、要は、それはそうと……と話題を変えた。それは、店の内装についての話だった。

「店部分はあんまり弄《いじ》りたくないって言ってたけど、新しくしたい設備とかはないの？」

いくら大事に使っていても、設備はどうしたって傷《いた》んでいく。最新のもののほうが効率が良い場合も多い。この機会に入れ替えを検討してはどうか、ということで、要はたくさんのカタログやパンフレットを持ってきてくれた。その中に、使ってみたいものはなかったか、と要は訊《たず》ねる。

「流し台は新しくしたほうがいいと思います。でもそれ以外は特に……」

「じゃあ、これはおれから、というよりも佐島建設からの提案」

そこで要は、わざとらしくネクタイを締め直して言った。

「まずは、食洗機」

「いりませんよ。手で洗う方が早いですし、場所だって……」

言うまでもなく『ぼったくり』は狭い。食洗機を入れるスペースなどない、と言う美音に、要は真っ向から反対した。

「最近は、小さくてたくさん洗える機種が出てきてるよ。ここは君と馨さんのふたりきりでやってる店だ。皿洗いぐらい機械に任せたっていいじゃないか。食器を洗わなければ、手荒れだって少しはマシになるかもしれない。それに店を閉めたあと、最後に残った食器は機械に入れるだけで済むんだよ？　その分君は早く上がれる。その上、節水できて衛生的、言うことなしだ」

「確かに熱いお湯を使えば消毒できますね。それはいいかも……」

「じゃ、食洗機は導入決定。それと、酒用の冷蔵庫。今のは古くて電気代がかかりすぎるし、場所も取る。新しい冷蔵庫なら、同じ大きさでももっとたくさん入れられる。これを入れたら、こっちは入らない、なんて仕入れに悩むことも減る」

自分の手が荒れやすいことも、あれもこれも仕入れたいのに置く場所がないという悩みも、要はちゃんと覚えていてくれる。そしてそれを改善できる機会を絶対逃さない。

そんな人と巡り合えたこと、さらに生涯の伴侶に選んでもらえたことへの感謝が溢《あふ》れる。

「じゃあ、冷蔵庫も新しくすることにします」

「それがいいよ。さしあたりそんなところかな。あとは、ショウタさんの意見も聞いて、早急に新しい図面を作るよ。とはいっても、冷蔵庫までは書く必要はないし、これは業務用をカタログ注文だな」

「あーそうですね。さすがに、一緒に電器屋さんに行って選ぶってわけにはいきませんね」

「それをやると、またお袋の具合が悪くなりそうだ。あのときみたいにデートの途中で呼び戻されるのはまっぴらごめん」

あのときは本当にタイミング悪すぎ、それともおれの運が悪すぎるのか？　と要は嘆くことしきりだ。

要が口にした言葉に、美音は妙な引っかかりを覚える。

――あのときみたいに？　ということは、あのオーブントースターを買いに行ったのもデートのうちなのね。もしかしたら、あれって偶然じゃなかったの？

美音が電器屋に行くことを知り、声をかけるために駅前で待ち構える。偶然を装《よそお》うために、何度も駅前をぐるぐる回る要を想像し、美音は笑い出してしまった。

いきなり笑い出した美音に、要は、どうしたの？　なんて訊《たず》ねてくるが、理由を説明できるわけがない。

「なんでもありません。ちょっと、思い出し笑いです」

そんな、さらに疑問を呼ぶような答えしか出てこず、まったく納得がいかない顔の要を前に、美音はただただ笑い続けた。

ウイスキーはヘルシーなお酒

アルコール度数の高いお酒はカロリーも高いと思っていませんか？　特にウイスキーなんかは、カロリーが気になる方も多いのではないでしょうか。

ウイスキーに合うおつまみはチーズやサラミ、チョコレートといったしっかりしたものが多いため、ついついカロリーの取りすぎになってしまいがち。でも、ウイスキー自体のカロリーは意外に低く、ワンフィンガー1杯（30ml）で70キロカロリー弱。しかも糖質はゼロです。アルコールが持つ食欲増進効果にさえ負けなければ、ウイスキーはとてもヘルシーなお酒なんですね。

もちろん、どんなお酒も呑みすぎは厳禁。適量を守ってお楽しみください。

大七　純米生酛《きもと》

大七酒造株式会社

〒964-0902
福島県二本松市竹田1丁目66番地
TEL：0243-23-0007
FAX：0243-23-0008
URL：https://www.daishichi.com/

ZE《ぜ》ロ《ろ》万《まん》　純米吟醸　生酒

花泉酒造合名会社

〒967-0631
福島県南会津郡南会津町界字中田646−1
TEL：0241-73-2029
FAX：0241-73-2566
URL：http://www.hanaizumi.ne.jp/

ホワイトオーク 地ウイスキーあかし

江井ヶ嶋酒造株式会社

〒674-0065
兵庫県明石市大久保町西島919
TEL：078-946-1001
FAX：078-947-0002
URL：http://www.ei-sake.jp/

クリームチーズの酒盗がけ

ねぎごま鍋

漬け丼

休業のご挨拶

時点ですでに十二月の上旬。どう考えても無理に決まっている。また、工事現場を抱えての年越しは、美音としても少々すっきりしない。

結局、十二月二十日をもって休業に入り、年の瀬までに店の備品その他の片付けという美音の意見を通す形で、着工は一月七日と決まった。

『ぼったくり』の増築の話は順調に進んでいった。

要は当初、とにかく年内に着手したいと言っていたけれど、増築を思い立った

休業日まであと数日となった夜、カウンターにはウメ、マサが座っていた。

ウメはいつもの焼酎《しょうちゅう》の梅割り、マサはぬる燗《かん》の『朝日山百寿盃《ひゃくじゅはい》』を前に、料

理が出てくるのをのんびり待ってる。とはいっても、ふたりが注文しているのはそれほど手間がかかる料理ではない。

むしろあっという間にできてしまう超スピードメニューだった。

「はい、できあがり～。馨特製だよ！」

馨がさも得意そうに宣言したとたん、マサが噴き出した。

「馨ちゃん、さすがにこれを『特製』っていうのはちょいとなあ……」

「あ、やっぱり？」

冗談だとわかっていて、ちゃんと突っ込みを入れてくれるマサに明るい笑顔を返しつつ、馨はふたりの前に小鉢を運んでいく。中に入っているのは『クリームチーズの酒盗《しゅとう》がけ』、チーズを切って瓶詰めの酒盗をかけただけのものだった。

「マサさん、まあそうお言いでないよ。この柔らかいチーズをきれいに切るのは案外難しいのかもしれないよ」

「言われてみれば……角も潰れてねえし、大きさもちゃんと揃ってるな」

「そうそう。おまけにこの酒盗の量の加減。多すぎるとしょっぱいし、少なすぎては物足りない。その点こいつは絶妙だ」

「これぞ『ぼったくり』の真骨頂《しんこっちょう》ってとこだな。こんなに簡単な料理……」

「もうやめてー！　ごめんなさい、確かにこれ、切ってかけただけ。『特製』でも何でもありませんでした！」

そこで馨が悲鳴を上げた。古参のふたりによってたかって弄《いじ》られ、さすがに耐えきれなくなったのだろう。

カウンターのふたりはケラケラ笑いながら、クリームチーズを一切れ口に運び、酒を追いかけさせる。

「まったく見事だよ。チーズなんて日本酒に合いっこねえようなものを酒盗《しゅとう》でちゃんと馴染《なじ》ませる。考えたやつを表彰してやりてえよ」

「そうそう。こうしてあれば、あたしの大好きな梅割りはもちろん、ビールにだってぴったり。和洋折衷《せっちゅう》のお手本、さすが『ぼったくり』だよ」

この料理を考え出したのは美音ではない。もちろん先代の父でもない。きっとあちこちの居酒屋で出されているだろうし、家庭で試《こころ》みる人もいるだろう。それなのにここまで褒《ほ》め称えるのは、もうすぐこの店が休業に入る寂しさの裏返しかもしれない。

美音がそんなことを思っていると、引き戸が開いてアキが入ってきた。

「あーもう、喉がカラカラ！　馨ちゃん、ビールちょうだい！」

アキは挨拶もそこそこにウメの隣に座るなり、ビールを注文した。美音が、季節は冬、外は冷たい木枯らしが吹いているのに……と思っていると、ウメも同感だったらしく笑いながら訊《たず》ねる。

「どうしたんだい、アキちゃん。喉が渇くような季節でもないだろうに」

「それはそうなんだけど、会社からここに来るまでずっと駆け足みたいになっちゃって……」

『ぼったくり』は間もなく休業に入る。その前に一分でも一秒でも長く、みんなと過ごしたい。

そう思ったら自然と歩くスピードが上がり、最後は小走りになってしまったそうだ。

「自分でもおかしいと思うんだけど、なんかね……」

アキはそう言いながら、馨に注がれたビールをごくごくごく……と続けざまに呑んだ。

「あー、美味しい！　日本酒やワイン、ウイスキーなんかも美味しいけど、喉が渇ききったときのビールは格別！」

「確かに。いくら発泡性でも日本酒をごくごくやるのは違う気がするよなあ」

「でしょー？」

アキとマサは意気投合、お互いのグラスを掲げて乾杯の仕草を示した。次いでアキは自分のグラスに目を留め、首を傾げる。

「ひとりよりも誰かと食べるほうがご飯が美味しい、って言う人が多いけど、お酒もそうなのかなあ……」

そんなアキの呟きに、美音はにっこり笑って応《こた》える。

「人それぞれだとは思いますけど、やっぱり誰かと一緒のほうがいいっておっしゃる方が多いように思いますよ」

「そりゃそうさ。じゃなきゃ、わざわざここに来やしないよ。ここに来るのは、みーんな『誰かと呑みたい』連中ばっかりだよ。お酒や料理が美味しいのは言うまでもないけど、ひとりで来てもひとりぼっちにならずに済む、それが『ぼったくり』なんだよ」

アキはウメの言葉に大きく頷いた。そして、ため息まじりに言う。

「ここに来て、美音さんや馨ちゃん、ほかのお客さんと話す時間もご馳走なのよね。とはいっても、もう少ししたらそれもできなくなっちゃうけど……」

「アキさん……」

思った以上に『ぼったくり』の休業に意気消沈しているアキの姿に、申し訳なさが募《つの》る。

ウメとマサが困ったように顔を見合わせたところで、引き戸が勢いよく開いた。

「あ、やっぱり！　駅で後ろ姿が見えたから、そうじゃないかなと思ったんだ！」

「後ろ姿が見えた？　そのわりにはずいぶん遅かったじゃない」

「コンビニで金を下ろしてから来たっす」

「良かったわね。下ろすお金が残ってて。それに、駅で見たなら声をかけてくれればいいのに」

「けっこう離れてたし、行き先は同じだってわかってるんだから、呼び止める必要もないっす」

そう言うと、リョウはアキの隣にすとんと腰を下ろす。ところが、アキはリョウの言葉を聞くなりカウンターに突っ伏してしまった。

「行き先は同じかあ……。確かにそのとおり。でもそれってここに『ぼったくり』があるからこそだよね。ここ以外で誰かを見かけたら、走って追いかけなきゃ話もできないんだわ……っていうか、ここが休みになったら即その状態だよね」

「そんなにあっちこっちで知り合いを見かけるとは思えないっす」

「それこそ問題じゃない。会社が終わったら真っ直ぐ家に帰ってひとりでごはん……ああもう、考えただけで悲しくなっちゃう」

このところアキの口からは、『ぼったくり』が休みの間、いったいどこでご飯を食べればいいんだろう、栄養のバランスだってすごく心配、なんて愚痴ばかりが飛び出してくる。

「アキさん、本当にごめんなさい」

申し訳なさそうな美音の様子に、マサが庇《かば》うように言う。

「アキちゃん、気持ちはわかるが、ここはひとつ堪えてやってくれよ」

マサの言葉に、アキがはっとしたように身体を起こした。

「ごめん、美音さん！　また愚痴っちゃった。でも気にしないでね。お店を休むのは、ここを直して美音さんが住むためだし、たった二ヶ月のことだもんね。もしかしたら、要さんはもっと早く仕上げちゃうかもしれないし！」

おそらくアキは、一日でも早く『ぼったくり』を再開してほしいという気持ちからそう言っているのだろう。ところが、アキの隣に座っているウメは至って冷静だった。

「それは期待薄だね。いくら要さんが自ら《みずか》現場監督を引き受けて、職人をしゃかりきに追い立てたところで無理なものは無理。そもそも、古い土台の上に新しい家をのっけちまうような工事なんだよ？　二ヶ月でできるかどうかも怪しいところだよ」

アキの言葉で、リョウも深いため息をつく。

「二ヶ月ってことは、月末が二回っすね……。大丈夫かな、俺」

「俺、じゃなくて俺の財布でしょ?」

途方に暮れたようなリョウを見て、やっとアキが笑った。

「そうか……。あたしよりずっと切実な奴がここにいたわ。あたしは単に美味しいご飯が食べられなくなって困るぐらいだけど、あんたはそもそもご飯が食べられるかどうかのレベルなんだよね。こりゃ大変!」

つきあい始めたことを知られたくないのか、リョウとアキは努めて今までと同じ口調で話そうとしている。美音と馨だけのときはまだしも、他の常連がいる場合、その傾向はさらに顕著で、馨によるとカウンターの下の攻防はなかなか見物らしい。リョウがふたりの関係がバレそうな発言をするたびに、アキの足蹴りが炸裂しているという。

おそらく関係に気付いているウメは、リョウとアキの会話ににやにやしながら口を挟む。

「ほんとだねえ、リョウちゃん。あんた、『ぼったくり』が休みの間は心して財布の紐締めないと、月末は日干しだよ」

「うっす……」

しょんぼりして頷くリョウを見守るアキの眼差しはひどく優しくて、美音の目尻は自然と下がってしまう。そしてアキは、さらに美音の目尻が下がりそうなことを言う。

「問題はそれだけじゃないのよね……。『ぼったくり』がお休みになって美味しいご飯が食べられなくなるのも困るけど、もっと困るのはみんなに会えなくなることなのよ」

仕事で嫌なことがあって落ち込んでも、ここに来ればみんながいる。美味しいお酒やご飯以上に、優しい言葉や気遣いをもらうことで元気を取り戻せた。それがない二ヶ月は本当に辛い、とアキはまたカウンターに突っ伏してしまった。

「まったくっす……そう考えると、二ヶ月ってほんとに長いっす」

リョウは天井を仰ぎ、アキはカウンターにぺったり……。ウメは、そんなふたりを交互に見ながら何事か考え込んでいたが、しばらくしてリョウに訊《たず》ねた。

「あんたたち、職場は近いのかい？」

「え？　ええ、まあ近いって言えば近いっす」

そこでリョウは確認を求めるようにアキを見る。アキは、一、二……と指を折って数えたあと答えた。

「地下鉄も同じ路線だし、駅も四つ離れてるだけよ」

ふたりの答えを聞いたウメは、さもいいことを思いついた、と言わんばかりに手を打った。

「じゃあさ、どうしてもってときは、会社帰りに待ち合わせて、ふたりでご飯を食べればいいじゃないか。まあ『ぼったくり』ほど良心的な店は他にはないけど、少なくともひとりで食べるよりは寂しくないと思うよ」

リョウの顔がぱっと輝き、便乗するような言葉が飛び出す。

「ウメさん、グッドアイデアっす。アキ……さんが、寂しくて我慢できないっていうなら、俺はいつでも付き合いますよ」

『アキ』で切りかけて、なんとか『さん』を付け足したリョウに、馨が必死に笑いをかみ殺す。それでも小さく『クッ』と漏らした声に、アキがぱっと顔を上げた。馨の表情で笑いの意味を悟ったらしく、アキはじろりとリョウを睨《にら》んだ。

「……まったく、あんたって子は。どうせ、月末狙いなんでしょ？　あたしにたかろうとしてない？」

「め、滅相もないっす！」

リョウは首を左右にぶんぶん振るが、アキは、てめえの魂胆はお見通しだーい！なんて言いつつ、時代劇のような見得を切る。そして自分の台詞《せりふ》と仕草に噴き出したあと、アキは笑顔を残したまま言った。

「ま、いいよ。お財布がヤバくなったら連絡してきて」

「やった、ラッキー！」

「馴染《なじ》みの居酒屋が休業中に月末乗り切れなくて餓死、とか、現代の珍事じゃない？　レポーターに追い回されて、挙げ句の果てに『どうして助けなかった！』なんて叩かれるのは嫌だもん」

「あははっ！　そりゃ困るな。じゃあ、アキちゃん、こいつのことは頼んだぜ。飢え死にしない程度には食わしてやってくれ」

俺が言うのもなんだけどよ、とマサは大笑いし、さらに付け加えた。

「ついでに、リョウに料理のひとつでも教えてやってくれよ。自炊できれば食費はずっと抑えられるじゃねえか」

「えーでも、あたし、料理はそんなに、というか、たぶんこいつのほうが上手い……のかも」

「おやおや、それは困ったことだ。じゃあ、リョウちゃんがアキちゃんに教えておやり」

ウメは満足そのものの顔で、ふたりにそう言い渡した。

――うわあ、お見事。

美音は、心の中で拍手喝采だった。後日他の常連が、リョウとアキが食事をしている、あるいは一緒に料理を作ったと聞いたとしても、このやりとりがあれば何の問題もない。マサとウメに勧められて、と言えばすむのである。

関係を隠したいふたりの意思を尊重し、不自然ではなく一緒にいられるように話を持っていったウメも、それを生かしたアキも、『お見事』としか言いようがなかった。

「さて、じゃあ、梅割りのお代わりと……なにかもう一品いただこうかね」

チーズの小鉢と一杯目の梅割りを空にしたウメが、品書きに目を走らせた。つられたようにマサも品書きに視線を向ける。そして、そこに記された料理名を見てぎょっとした顔になった。

「美音坊……さすがにこれは……」

「おいおい……」

二の句が継げないウメとマサを見て、アキも慌てて品書きを覗き込んだ。料理名と値段を見比べ、うわーっと声を上げる。

「美音さん、これって大赤字じゃないの⁉」

「え？　なんでですか？」

「あんた馬鹿なの？」

「ここをご覧よ」

不思議そうにしているリョウに、アキとウメが即座に突っ込んだ。品書きを突きつけられて、リョウは渋々のように文字を拾う。

『本日のおすすめ』に書かれていたのは　ねぎま鍋と漬け丼。しかも後に括弧《かっこ》があり、『天然本マグロ』と書き添えてある。

「天然本マグロ⁉　それって確かすごく高いんじゃ……」

さすがにリョウでもそれぐらいの知識はあるらしい。アキがほっとしたような顔で答えた。

「あ、知ってたんだ」

「当たり前じゃないですか。どれだけテレビで特番やってると思ってるんですか」

「やっぱりテレビかい」

ウメとアキが顔を見合わせて、とほほ……という顔をした。

確かに本マグロが旬を迎える冬になると、それらを獲る漁師たちのドキュメンタリー番組がどっと増える。

年の瀬あたりに、年季の入った漁師が本マグロを追って船を繰る映像を見たことがある人は多いだろう。ここ数年、いささか本数が減ったとはいえ、正月には少なくとも一本はマグロ漁の番組が放送される。テレビっ子のリョウなら、目にしていて当然だった。

どうやらリョウは、番組の中で何度も繰り返される『一本水揚げすれば百万、二百万は当たり前』という台詞《せりふ》を聞いて、本マグロはすべてそんな値段だと思い込んでいる節がある。そしてそれは、リョウだけに留まらず、アキやウメも同様と思われた。

その証拠に、ウメは心配そうに言う。

「確かに今は、マグロの旬かもしれないけど、やっぱり『本マグロ』といったらねえ……。テレビでは『大間《おおま》のマグロ』ってのがよく出てくるけど、まさかあれじゃないだろうね？」

『大間のマグロ』というのは、青森県下北郡《しもきたぐん》にある大間港に水揚げされるマグロで、『黒いダイヤ』と呼ばれるクロマグロを指す。まさにテレビ番組のおかげで、漁業事情に詳しくない人間でも『大間のマグロ』＝《イコール》高級ブランドという認識が浸透していた。

「あんな高級品を持ち込んだわけじゃ……」

ウメにおそるおそる確かめられ、美音は笑って答えた。

「ご心配なく。『大間のマグロ』なんかじゃありません。だから、お値段もそんなには……」

「お姉ちゃんの嘘つき」

そこに割って入ってきたのは、馨の不満そうな声だった。

「馨ちゃん……嘘つきたぁ、穏やかじゃねえな」

マサは驚いた顔で、まじまじと馨を見つめた。他の客たちも絶句している。

これまで、美音が料理や食材についての説明をしているときに馨が止めたことはない。途中で口を挟んだ上に、『嘘つき』なんて言葉を使うのにはそれなりの理由があるはずだ。説明を聞きたい、とみんなの顔に書いてあった。

馨は一同の顔を見回したあと、美音に向き直った。

「このマグロを手に入れるの、すごく大変だったじゃない。値段だって、うちでいつも使っているものとは段違いでしょ？　そういうことって、ちゃんと説明しなきゃ駄目だと思う。じゃないと、ミチヤさんにも要さんにも悪いよ」

ますますわからないという顔をしている客たちに、馨はさらに説明する。

「本日のおすすめはね、『ぼったくり』からお客様への休業のお詫びなの」

『大間のマグロ』ではないという美音の言葉は嘘ではない。

今や日本一有名なマグロとなった『大間のマグロ』。一時期は、初競《はつせ》りともなると高級料理店やチェーン寿司店、海外企業まで加わり何千万という値段がつけられた。今はそのころよりは落ち着いたとはいうものの、依然として高値だし、たとえお金があったところで、強力な伝手《つて》でもなければ仕入れることはできない代物である。

『ぼったくり』で『大間のマグロ』は扱えない。かわりに美音が目をつけたのは『戸井《とい》のマグロ』だった。

「戸井？　それってどこにあるの？」

耳慣れぬ地名に、アキが首を傾げる。それに答えたのはなんとリョウだった。

「北海道ですよね？」

「北海道……ってか、あんたよく知ってたわね。リョウのくせに！」

「テレビで……」

「やっぱり……。あんたって本当にテレビっ子なんだね。テレビ離れがすごいってのに、今時珍しい……」

「俺が見てるのはもっぱらコマーシャルですけどね」

「ああ、そういえば……」

そこで、リョウが市場調査会社に勤めていることを思い出したのか、ウメが大きく頷いた。

「テレビを見るのも仕事の一部ってことだね。意外に頑張ってるね、リョウちゃん」

しっかりしてきたね、と褒《ほ》められ、リョウは少々得意げに言う。

「コマーシャルの間に見た番組によりますと、『大間のマグロ』も『戸井のマグロ』も、元々は同じ海を泳いでいるそうっす。大間と戸井は海を挟んで向かい合ってて、大間にある港に持ってけば『大間のマグロ』、戸井に持ってけば『戸井のマグロ』になるんだそうです」

「てことは、大間も戸井も差はないってことか？」

「正確にはちょっとだけ違うんですけどね」

そこで美音は、リョウからマグロについての説明を引き取った。さすがに、これについては自分のほうが詳しいだろうと思ってのことである。

「マグロ業界では、戸井は大間に匹敵する良質ブランドとされています。このところずっと大間が優勢ですが、初競《はっせ》りの最高値が『戸井のマグロ』についたこともあるんです」

青魚を餌とする『大間のマグロ』の脂《あぶら》の乗り具合は素晴らしい。やっぱりマグロはこうでなくては、という声がある一方で、イカを食べて育つ『戸井のマグロ』のすっきりと上品な味わいが堪えられないという者もいる。料理屋の中にも、脂の乗る冬場を大間、それ以外の季節を戸井と使い分ける店もあり、簡単に甲乙はつけられない、と美音は常々思っている。

今回美音が仕入れたのは、その『戸井のマグロ』だった。

「ひえー……じゃあこれ『戸井のマグロ』なんすか。それだって、けっこうな値段なんじゃ……」

リョウは初競りの値段を思い出したのか、一本であれなら一切れは……なんて、計算を始め、最終的に絶望的な表情になった。

「間違いなく赤字っす！」

「だから、それは心配ないんだよ、リョウちゃん。はい、お姉ちゃん、説明を続けて！」

馨に仕切られ、苦笑いで美音は口を開いた。

「馨の言うとおりなんです。実は、今回長いお休みをいただくので、お客様へのお詫びというか、ご挨拶のかわりになにか特別なものを用意したいと思って、『魚辰』さんにご相談したんです」

「お、そこでミチヤが登場ってことか！　で？」

ようやく話が繋がったぜ、とマサが手をパンと打ち鳴らした。

「ミチヤさん、魚にもいろいろあるが、特別となるとやっぱりマグロだろうって……」

「やっぱりマグロは魚の王様だもんねえ……。お刺身もお寿司もやっぱり最初にマグロありきだしさ」

ウメは煮てよし、焼いてよし、とひとりで納得している。アキはアキで、マグロって意外と日持ちするんだってね、なんて頷く。

「で、ミチヤが精出して特価マグロを探してきたってことか」

「ええ。つまりそういうことです。しかも、同じお値段でたくさん仕入れられるように、切り落としの部分を探してきてくださいました。おかげで『今日のおすすめ』はとびっきりです」

「『ぼったくり』はいつだってとびっきりに違いねえが、素材が良ければ美音坊の腕ももっと冴えるってもんだな。『魚辰』め、いい仕事しやがったな。こんちきしょう！」

「マサさん、なんでそこで『こんちきしょう』なの？　あたしたちにとっては万々歳じゃない」

「アキちゃんの言うとおりだね。今度ミチヤさんに会ったら、褒《ほ》めてやらないと」

ウメはそう言ったあと、再び『本日のおすすめ』の検討に入ろうとした。ところが、そこでまた馨がストップをかけた。

「ちょっと待って、まだ話の続きがあるの。どうせお姉ちゃんは自分では言わないと思うから、あたしが言っちゃうね！」

「え、まだなんかあるっすか？」

「おおあり。実はね、このマグロの仕入れ値、半分は要さんが出してくれたの」

「えーーーっ⁉」

アキの声が見事に裏返った。マサやウメも目を点にしている中、馨は得意げに語る。

「要さんね、この休業は半分は自分の責任だから、お詫びの大盤振る舞い《おおばんぶるまい》をするなら、自分にも出させてほしいって聞かなかったの。お姉ちゃんはお姉ちゃんで、これはうちの店のことなんだからって譲らないし、あたしが間に入らなかったら大喧嘩になるところだったんだよ」

「だって要さんったら、私がミチヤさんが調達してくれた切り落としで十分だって言っても聞かないし、『おれは漬け丼が食べたい！』とか言い張って勝手に赤身も注文しちゃうし！」

「おかげで、値段のことでも大騒ぎだったというわけ」

美音は当初、お詫びやご挨拶なら無料で出すべきだと考えていた。ところが、要は、この店の客のことだから、無料となったらかえって遠慮して頼まなくなってしまう、と言う。馨も要に賛成し、二対一で『ぼったくり』相応の値段をつけることになったのである。

「『ぼったくり』相応の値段って、普通に聞くと恐ろしいけど、この店に限ってはお値打ちの代名詞なのよね。本当にややこしいわあ……」

アキの台詞《せりふ》に、一同が噴き出した。笑いが収まったところで、馨が宣言する。

「ということで、これはお姉ちゃんと要さんからのご挨拶。存分に召し上がれ」

そこで、にやりと笑って訊《き》き返したのはウメだ。

「はいよ、美音坊ありがとさん。要さんにもよろしく伝えとくれ。ところで、馨ちゃんからの挨拶はないのかい？」

「へ？」

「『ぼったくり』の増築は、馨ちゃんの住まいを確保するためでもあるんだろう？　だったら馨ちゃんにも関係がある話じゃないのかい？」

美音と要がここに住めなければ、馨は新婚夫婦と同居、あるいは外に部屋を探さねばならなかった。今回の増築はそれを回避するためでもあったはずだ、とウメに言い当てられ、馨は今までの元気はどこへやら、打って変わって申し訳なさそうな顔になった。

「えーっと、それはまあそうなんだけど……なんとか出世払いってことで……」

「馨ちゃんの出世ってどうなることなの？」

アキにまで突っ込まれて、馨はますます悪戯《いたずら》を見つかった子どものような顔になる。

ウメやアキはただ面白がっているだけとわかっていても、やはり少し肩身が狭いのだろう。さんざん話のネタにされたにしても、馨が美音と要の意見調整に努めてくれたことに間違いはない。見るに忍びなくなった美音は、つい口を開いた。

「お店からってことは、私と馨からってことです。だから……」

「大丈夫よ、美音さん。ちょっとからかっただけ。ってことで、要さんの俠気《おとこぎ》の塊の漬け丼、頂こうかな」

まったく、かっこいいわよねえ、と半分本気で羨《うらや》ましがりながら、アキが漬け丼を注文する。

ウメはどうするのだろう、と思っていると、

「じゃあ俺にも」

「俺は大盛りで！」

マサとリョウが次々と声を上げた。ウメはどうするのだろう、と思っていると、彼女はちょっと考えたあと、残念そうに言った。

「あたしはねぎま鍋をもらおうかね」

ウメはもともと野菜が好きだから、漬け丼よりもマグロの旨みがしっかり染みた葱《ねぎ》を食べたいのだろう、と判断し、美音はひとり用の陶板鍋《とうばんなべ》に出汁《だし》を張る。言うまでもなく、昆布と鰹《かつお》で丁寧に取った濃い出汁である。

出汁が温まるのを待つ間に丼にご飯を盛りつけ、千切りにした大葉を散らす。真っ白なご飯の上に緑の大葉がよく映え、隠してしまうのはもったいないほどだった。それでも、さすがに主役は無視はできない、と諦めて、醤油《しょうゆ》と酒、ちょっぴりのみりんで作ったタレに漬け込んであった赤身マグロをふんだんに乗せた。

横目で出汁がふつふつと沸きかけているのを確認しながら、美音は漬け丼を頼んだ三人に訊《たず》ねた。

「海苔《のり》と胡麻《ごま》、どっちにします？」

「俺は海苔！」

「あたしも！」

　マサはそんなふたりに渋い顔で言う。

「無粋だねえ。海苔で覆っちまったら一面真っ黒で台無しじゃねえか。胡麻にしとけば、赤身の綺麗な色が楽しめるのによ」

「あたしは見た目よりも味を重視するの！」

「俺も俺も！」

　ちょうどそこで漬け丼が出来上がる。馨が運んでいったどんぶりを受け取るなり、リョウとアキはわしわしと掻き込み始めた。

「胡麻の香ばしさがわからねえうちは、まだまだだぜ」

　マサは負け惜しみのように言うが、マグロと海苔のコラボは上等の鉄火巻きを思わせる。寿司が大好きな日本人には抗《あらが》いがたい魅力なのだろう。

「あぁーなにこのねっとりとした甘さは！　魚なのに信じられない！」

アキは感動することしきりだが、リョウは話す時間ももったいないのか、丼から顔を上げもしない。若いふたりの食べっぷりを眺めながら、ウメがちょっと寂しそうに言った。

「いいねえ……あんたたちは」

「そんなこと言うなら、ウメ婆も漬け丼にしとけばよかったじゃねえか」

マサに、何なら追加したらどうだ、と言われ、ウメは笑って否定した。

「漬け丼も食べてみたいのは山々だけど、量が多くてね……。それよりなにより、目が食べたい量と、胃が食べたい量が同じじって羨《うらや》ましいよ」

「ああ、そういうことか」

ウメは大食漢ではないから、丼物を食べてしまうと他の料理が食べられなくなる。身体を使う仕事をしているマサやトクは例外にしても、ウメをはじめとする『ぼったくり』の常連の中にはもう食べたくても食べられない客もいる。

あれもこれも食べたいと思っても、すぐにお腹が一杯になって残念だ、とはよく聞く話だった。

「せっかく年を取って、ものの味もわかるようになって、良いものに見合うだけのお金が稼げるようになっても、量が食べられないようでは、やっぱりつまんないよ」

ウメの台詞《せりふ》を聞いて、アキがようやく箸《はし》を止めた。

「でもさー、『ぼったくり』はいつだって量の加減してくれるじゃない？」

棒々鶏《バンバンジー》の冷やし中華を一口仕様にしたり、スペシャルステーキをシェアしたり、美音はいつでも常連たちが食べやすいように、食べ残さずに済むように調整している。

『ぼったくり』はお値打ち価格には違いないが、ファミレスや大手資本のチェーンほど廉価多売《れんかたばい》にはできない。父は常々、価格競争に勝てない以上、マニュアル重視の店にはない気配り、融通《ゆうずう》で対抗するしかない、と言っていたし、美音もそれに倣《なら》っている。

美音にしても、食べきれないからと諦められるよりも、この量なら食べられる、と喜んでもらえるほうがずっといい。量の加減は、遠慮なく頼んでほしかった。

ところがウメは、それは案外難しいと言う。

「それはわかってるけど、美音坊に申し訳なくてね」

「どうしてですか？　大した手間じゃないのに……」

「美音坊はいつもそう言ってくれる。でもね、量を減らしたときは、勘定だって減らしちまうじゃないか。手間は増えるわ、儲《もう》けは減るわ、じゃお話になりゃしない」

ご飯の量を減らした場合に値引きをする店はないこともない。

持ち帰り弁当屋にしても、ご飯を少なくすれば数十円の値引きをする。けれど、料理自体の量を加減して、しかも半分の量ならば本当に半額近い値段にしてしまうような店は聞いたことがない。

にもかかわらず、平然とそれをやってしまうのが『ぼったくり』である。

だからこそ、よほどじゃないと頼まない。美音が言い出してくれたとき、じゃあ申し訳ないけど、と甘えるのが関《せき》の山。自分から頼むことはできない、とウメは言うのだ。

ウメの話を聞いて、美音は申し訳なさで一杯になった。お客さんにそんなに気を遣わせるなんて、とまた父に叱られそうだ。まだまだだなあ、私、と軽く落ち込みながら美音はウメに言う。

「ねえウメさん」

「なんだい？」

「料理人にとって一番いやなのは、出したお料理を残されることなんです。お料理がまずかったときはもちろん、お腹がいっぱいで食べられないときだって同じ。だから、残されるぐらいなら最初から食べきれる量でお出ししたいんです」

「そもそも注文しなきゃ、その手間はいらないだろう？」

「注文していただけなければ売上は上がりませんし、食材も残っちゃいます。で、残った分はどうなるかというと……」

そこで美音は馨に目を走らせた。心得た、とばかりに頷いて馨が話し始める。

「残った分は翌日に回すか、あたしたちのまかないにするしかないんだよ。それだってあんまりたくさんだと儲《もう》けはマイナス、しかも食べ過ぎるといろいろ困るの。すぐにあの辺とかその辺にくっついちゃう」

最後は冗談めかした台詞《せりふ》を交え、馨は美音のウエストあたりを指さした。まさか、そんな展開に持ち込まれるとは思っていなかった美音は目をぱちくり、それを見たアキは大笑いである。

「やだ、馨ちゃん！　それはちょっとひどいわ。美音さんは、すぐにくっついちゃうってほどのことでもないでしょ」

「そうそう……それってむしろアキさん……」

リョウの囁くような声はちゃんとアキの耳に入って、本気の足蹴りがヒットする。いてっ！　と悲鳴を上げたリョウに、ウメが楽しそうに笑った。

「おやおや、相変わらずだねあんたたちは」

「こんな相変わらずはノーサンキューっす！」

「だったら口を慎みなさい！」

はいはい、ドロードロー、と馨が割って入り、リョウとアキの口喧嘩は終了。落ち着いたところで、美音は再びウメに話しかけた。

「そういうわけで、お気遣いは無用なんです。これからは食べたいと思ったら遠慮せずにおっしゃってください。ウメさんのお腹に合った量でお出ししますよ」

ところが、なんなら今からでも一口サイズの漬け丼をご用意しましょうか？　と訊《たず》ねる美音に、ウメは静かに首を横に振った。

「いや、もうねぎま鍋ができそうだし、きっとそれでお腹がいっぱいになっちまう。漬け丼は、また次の機会にするよ」

確かに、ウメの言うとおり、ねぎま鍋はもう出来上がる寸前だ。

鍋を覗けば、ふつふつと沸く出汁《だし》の中で、斜め切りにされた葱《ねぎ》が煮えてくったりとしている。葱の緑と白の間からは一目で切り落としとわかる不揃いな形のマグロが見え隠れしていた。適度な脂《あぶら》と口の中でほろりとほどける食感に、ウメは目を細めるに違いない。

普段のウメの食事量から考えれば、この鍋を一人前食べた上にご飯を食べるのは少々許容量オーバーだろう。

そこで、しょんぼりしてしまったウメを見て、元気な声を上げたのはリョウだっ

た。

「あ、じゃあこうしましょう！　まず一口サイズの漬け丼を食べて、それからねぎま鍋に行く。で、食べきれなかったら俺が引き受ける。それでどうっすか？」

ねぎま鍋って食ったことないから、と上機嫌でリョウが申し出たとき、ウメはなぜか泣きそうな顔になった。焦ったのはリョウだ。

「あ、あ、ヤバいっすか⁉　すんません、なかったことにーーー！」

「もう、リョウの馬鹿！」

アキの拳骨《げんこつ》がリョウの頭を直撃する。大して力がこもっているように見えないのは、きっとアキ自身がこの制裁に疑問を感じているからだろう。美音だって同じだ。普段の付き合いから考えて、リョウの申し出はウメが泣き出すようなものではないはずだ。

いったいどうして……と皆が首を傾げる中、ウメはまず、ごめんよ、と謝った。

「リョウちゃん、ありがとさん。でもあんた、こんな婆さんの食べ残しで平気なのかい？」

「はあ？」

「若くてきれいな娘の食べ残しならともかく、しわくちゃ婆の食べ残しなんていやに決まってる。無理しなくていいよ」

次の瞬間、リョウが鳩が豆鉄砲を食った顔というのはこれだ、といわんばかりの顔になった。鳩になったリョウの代わりに、アキが呆れたように言う。

「ちょっとウメさん、なに言ってるの？　こいつがそんなにデリケートなわけないじゃないですか。こいつにあるのは『俺、ねぎま鍋食いたい！』って気持ちだけよ。もうね、お腹がいっぱいになればなんでもあり」

ところが、そんなアキの意見に、リョウは珍しく強い口調で反論した。

「俺は確かに食い意地が張ってます。それでも、誰の食い残しでも平気ってわけじゃないっす。どんなにきれいな女の人でも、見ず知らずの人が箸《はし》をつけたものなんて食べたくありません。でも、ウメさんならぜんぜんありっす。だって、俺にとってウメさんやここの常連さんたちは家族みたいなもんです。ひとつ鍋をつつくのなんて、当たり前じゃないっすか」

どうしても食べきれなければ残してください、いやむしろ、積極的に残してくれても……と言ったあと、リョウは煮えばなのねぎま鍋を見てごくりとつばを呑みこんだ。

「やっぱり食い意地だけなんじゃないの？」

馨に大笑いされ、リョウはてへへ……と頭を掻く。

ウメはそんなリョウを、孫でも見るような表情で見ている。やがて、小さく頷いて嬉しそうに言った。

「ありがと、リョウちゃん。お言葉に甘えることにするよ。でも食べ残しっていうのもなんだから、一緒につついておくれ」

「うわ、だめだめ！　そんなことしたら全部こいつに食べられちゃうわよ！」

早速箸を伸ばそうとしたリョウの腕をぐいっと掴んで、アキが叫ぶ。

「ウメさん、マグロが煮えすぎないうちに食べて！　で、美音さん、急いでウメさんに一口漬け丼をお願い。ウメさんが丼を食べ終わるまでリョウはお預け！」

「えー!?　俺、ちょっとレアなマグロ食べたいーー！」

「おだまり！　美音さーん、とにかく大至急!!」

アキに窘《たしな》められたリョウが不満を唱え、さらに犬扱いで叱られた。マサとウメ、馨までもが同時に噴き出し、美音は笑いを堪えるのに四苦八苦。それほど見事な掛け合い漫才だった。

賑《にぎ》やかに語り合う客たちをよそに、美音は一番小さい茶碗を取り出した。ウメのために、ほんの少しのご飯をよそいながら考える。

ウメが店を思う気持ち。リョウがウメを思う気持ち。そして、リョウを窘める一方で、ウメなら、レアが好きだというリョウのために、少しでも早く食べ終わりたいと考えるだろうと察し、ウメの代わりに漬け丼を急がせるアキの気持ち……全部がたまらなく温かい。しかもこれは、みんながこの『ぼったくり』という場所に集《つど》うことによって生まれた温かさだ。この温かさを保つためにも、早く工事を終わらせて再開しなくては……

店を休む申し訳なさがまた押し寄せてくる。美音は、万感の思いを込めて頭を下げた。

「お店を休んでごめんなさい。でも休みが終わるまで、『ぼったくり』を忘れないでくださいね」

祈るような美音の言葉に、それまで騒いでいた四人が一斉に黙った。そしてまた、口々にしゃべり出す。

「なに言ってんだい。馬鹿な心配してないで、さっさと旦那を連れて帰っといで！」

「美音坊、工事も、結婚式も、新婚旅行も、ちゃんと終わらせてからだぞ！」

「そういえば、美音さん。結婚式はどこでやるの？　でもって、新婚旅行はどこへ？　結婚情報誌とかもう買ってる？」

「どこへ行ってもいいっすから、とにかくお土産《みやげ》よろしく！　あ、食いもん限定っす！」

ウメ、マサ、アキ、リョウ……常連四人による叱咤激励《げきれい》、あるいは質問、ときには要請を交え、『ぼったくり』の夜はにぎやかに更けていった。

†

休業前の数日で、常連客のほとんどが『ぼったくり』を訪れてくれた。おかげで大盤振《おおばんぶ》る舞《ま》いのマグロはもちろん、口を切っていた酒も冷蔵庫の中の食材もあらかた片づいた。

明日から休業となった夜、いつもどおり遅い時間に現れた要は座るなり美音に訊《たず》ねた。

「無事終了？」

「おかげさまで。要さんにも散財させてごめんなさい」

「おれが勝手にしたことだよ」

「ありがとうございました。皆さんすごく喜んでくれました」

「で、戸井のマグロは美味かった？」

「もちろんです。さすがの味でした」

「それはよかった。おれも食べたかったけど……」

さすがに残ってないよね？　と残念そうに言う要に、美音はくすりと笑って答えた。

「ありますよ」

「え、ほんと？」

「絶対来てくれるとわかってる常連さんに残さないいわけがないでしょう……って、言いたいところですけど、本当は『魚辰』さんが追加で用意してくださったんです」

昨日、美音は配達に来たミチヤに、改めて貴重なマグロを用意してくれた礼を言った。ミチヤはマグロの評判を確かめたあと、この大盤振る舞《おおばんぶま》いを企《たくら》んだご本人はちゃんとこいつにありつけたのか、と訊《たず》ねた。

美音が、あいにくタイミングが悪かったようで……と答えると、それは残念だったな、と帰っていったので、美音はてっきり話はそれで終わったものだと思っていた。

ところが今朝になって、ミチヤがやってきた。『ぼったくり』は明日から休業で、今日はもう在庫処分に徹し、なんの注文も出していない。それなのになぜ？　と思っていると、ミチヤは小さな包みをひとつ差し出した。

「要さんに食べさせてやってくれ、って持ってきてくださったんです。戸井かどうかはわかりませんけど、すごくいいマグロですよ」

さすがに申し訳なくて断ろうと思った。けれどミチヤは、これはあの御仁《ごじん》の侠気《おとこぎ》に対する俺の気持ちだ、と譲らない。要への贈り物を美音が断るのはおかしい、とまで言われ、やむなく受け取った。本当は冷蔵庫の中に少しだけマグロを残しているのは内緒で……

マグロは日持ちのする食材だ。さすがに切り落としを残すことはできなかったが、要が仕入れた赤身の部分なら、彼が来るまで持たせることができる。休業に入る前に、かならず彼は来てくれるとわかっていたし、せめて漬け丼だけでも食べて欲しいという思いからだった。そこにミチヤが新たにマグロを届けてくれた。しかもそれは要好みの中トロだった。

「ありがたいことだね……」

要は感無量と言わんばかりに呟《つぶや》く。

「おかげで漬け丼とねぎま鍋の両方できます。どっちも召し上がりますよね？」

そう訊《たず》ねておいて、美音は返事も待たずに出汁《だし》が入った鍋を火にかける。さらに、丼によそったご飯の上に大葉の千切りを散らし、タレで濃いルビー色になったマグロの赤身を並べ、胡麻《ごま》をかける。胡麻か海苔《のり》、どちらがいいかなんて訊《き》く必要がないぐらい、要の好みは覚えていた。

かつて、『今日のおすすめは売り切れちゃいました』と言った日もあった。今は、心置きなく要の好きな酒や料理を用意して待つことができるけれど、切り落としのマグロのように長く置けない食材はある。だからこそ、ミチヤのような心遣いをされると、ありがたくて涙が出そうになる。

『ぼったくり』がいろいろな人に助けられてここまできたことを痛感するのだ。

客が話す暇も惜しいと飲食にかかり切りになり、表情全部で『旨い』と伝えてくる。カウンターのこちらからそれを見るのは、美音の喜びであり、明日への活力だった。

「はい、お待たせしました」

目の前に固形燃料を使った卓上コンロが出された。美音は、『ちょうどいい』の一歩手前になったねぎま鍋を卓上コンロに移す。要は、マグロが好みの煮え加減になるのを待って小皿に取り、ゆず七味をちょっと振って口に運ぶ。口の中に入れた瞬間、ゆずの香りが広がり、軽く噛んだだけでマグロがほろりと崩れた。控えめに付けられた醤油《しょうゆ》の味とマグロの脂《あぶら》が重なって絶妙の味わいだった。

「旨いなあ……」

思わず感嘆の言葉が漏れる。

今回美音は、漬け丼には赤身のサクを、ねぎま鍋には切り落としを使うと言っていた。

切り落としは本来、いろいろな部位の寄せ集めだから一人前の鍋の中には様々な部位が入っていておかしくない。ところが、今、目の前の陶板鍋《とうばんなべ》の中にあるのは、要の好きな中トロばかりだ。もしかしたらこれは、常連たちへのお詫び代わりよりもずっと上等のねぎま鍋かもしれない。

美音がぺろりと舌を出す。

「お客さんたちに叱られちゃうかも」

「まったくだ」

ミチヤさんにはこっそりお礼を言わないと、と苦笑しながら美音は酒のおかわりを用意する。一杯目の酒は、マグロが煮えるのを待っている間に空になっていた。

「そういえば、この酒も『ずいぶん良い』な……というより、飛びきりだ」

「でしょう？　でも……」

「『口切りじゃなくてごめんなさい』かな？」

言葉を先取りされて、美音はあっけにとられた様子だった。

「どうしてわかるんですか？　もう味が変わり始めてるとか……」

「いや、呑んだことがない酒だから、味が変わってるのかどうかはおれにはわからない。でも、とにかく旨い……というか、ものすごく旨い。だから、君がそんなに申し訳なさそうにする理由は、それぐらいしか思い浮かばない」

酒の好みはいろいろだ。ある客にとっては極上でも、他の客の口に合わないこともある。それでも美音は、この客、この料理にはこの酒だと自信を持って出してくるし、それができないような酒は店に置かない。それでもなお、こんな顔をするのは、要が封を切ったばかりの酒を好むことを知っているからだ。

いや、正確に言えば『好む』というのは少々語弊《ごへい》がある。まず、封を切ったばかりの酒の味を確かめ、徐々に変化していく様《さま》を楽しみたいのだ。そして、それは要が『ぼったくり』に出会って初めて知った楽しみでもある。

酒は生き物だから、温度や紫外線に気を遣い、きちんと管理しなければならない。逆に言えば、相応《ふさわ》しい環境下にあれば酒は育って、いろいろな顔を見せてくれる、という美音の話を聞いたとき、要はものすごく納得したし、それ以後、自宅にある酒の管理にも気をつけるようになったのだ。

「なんか、もろばれですね。でも、このお酒、今日開けたばかりなのは確かです。だから味も変わっていないはずなんです」

きりりと冷えた『得月《とくげつ》』──新潟の朝日酒造《あさひしゅぞう》株式会社が年に一度、九月にだけ出荷する季節限定酒である。米を二十八パーセントまで削《けず》り込んだ上に、低温で一ヶ月程度かけてゆっくりと醗酵《はっこう》させる純米大吟醸酒だ。

二十八パーセントを削るのではなく、七十二パーセントを削る。本来楕円状である米を芯だけ残し、まん丸に近い形に削るだけでも三日かかるという。

美音は、自分が知る限り一番贅沢《ぜいたく》な造りの酒だと説明した。

「これは、純米大吟醸なのに自己主張が強いわけでもなく、とても上品で優しいお酒だから、日本酒に慣れていない方でもすいすい呑めちゃうんです」

「へえ……でも、『ぼったくり』で見たことがないお酒だよね？」

「ええ。季節限定品な上に人気もすごく高くて、うっかりしてるとすぐに売り切れになっちゃうんですよ。お値段も普段うちでお出ししているものよりはちょっとだけ……」

「ちょっとだけ？」

片眉を上げつつ、要はスマートフォンを取り出し、検索窓に『得月』と打ち込む。その結果表示された値段に、軽く口笛を吹く。

「この酒を『ぼったくり』で出すには勇気がいっただろうね」

「普段ならそうでしょうね……。でも、世の中にはお値打ちでもものすごく美味しいお酒もあれば、その逆もあります。すごい値段なのにこの味？　って思うことだってあるんです。でもこの『得月』は違います。本当に、値段以上の価値があります」

心血を注ぎ、膨大な手間と時間をかけてこの味を醸《かも》し出したのだから、これでも安いぐらいだ、と美音は力説する。だからこそ、赤字を承知でできる限り値段を抑えて品書きに載せた。高いからと敬遠するのではなく、是非一度呑んでみてほしい。そして米と水と麹《こうじ》から人間が生み出した奇跡を味わってほしい、と……

「なるほどね……。それでこの『ぼったくられ』値段なのか」

品書きに添えられているのは、店が客から『ぼったくる』のではなく、客から店が『ぼったくられた』ような数字だった。蔵元が提示している正規価格から考えたらあり得ないし、間違いなく赤字だ。

「私は、とにかく皆さんにこのお酒の素晴らしさを伝えたかった。高いお酒が美味しいのは当たり前、安くても美味しいお酒を提供する、というのが『ぼったくり』のコンセプトですけど、この『得月』は『当たり前』を越えたところにあるお酒——これを呑むために頑張って働こう、って思えるお酒なんです」

美音は、信念を感じさせる顔で言う。

「極上のマグロに極上の酒、一世一代のご挨拶だな」

旨い料理と酒を客に届けたい——普段からそれしか考えていない、いかにも美音らしいチョイスだった。

「で、お客さんたちの反応はどうだった？」

「すごく喜んでくださいました。シンゾウさんなんて『美音坊、こう言っちゃあなんだが、ここでこの酒に会えるとは思わなかったぜ』ですって……」

ちょっと失礼ですよね、と美音は情けなさそうに笑う。どうせ、この酒の封を切ったのはシンゾウだろうと思ったら、案の定である。

あらゆる意味で、あの薬屋はおれの永遠のライバルかもしれない、と苦笑いしながらも、美音に悟られるのが嫌で虚勢を張る。

「喜んでくれたのならよかったじゃないか。シンゾウさんはこの店一番の呑み手だろう？　あの人が呑んで褒《ほ》めてくれれば、右へ倣《なら》え、になったんじゃない？」

シンゾウが褒めるぐらいの酒ならば、と注文が相次いだのではないかという要に、美音は少々困った顔になった。

「確かに、皆さんが興味津々《きょうみしんしん》でした。でも……」

居合わせたリョウやアキ、その後やってきたアキラやカンジが珍しい酒を注文しようとした。それなのにシンゾウは、『お前らが呑むような酒じゃない！』と大騒ぎを始めたそうだ。

けちくさいことお言いでないよ、とウメに諭《さと》されて渋々了見したものの、最後まで、『若くて甲斐性なしの連中がこんな酒の味覚えたって……』とぶつぶつ言っていたという。

「シンゾウさんがそんな大人げないことをするなんてなあ……」

「それぐらい特別なんですよ」

「特別な『得月』か……」

ついそんな駄洒落《だじゃれ》が口をつき、美音が呆れたような目を向けてくる。

それでも、この酒を出した美音の気持ちを考えれば、シンゾウのおこないは痛し痒《かゆ》しだろう。

高い酒だからというのではなく、どんな酒でも料理でも、真に味を理解するためにはそれに相応《ふさわ》しい舌が必要になる。舌が育っていない、価値がわからない者には無用の長物とシンゾウは言いたいのかもしれない。だがその一方で、舌を育てるためには経験が必要だという考え方もある。

他人が褒《ほ》めるものでも、自分は美味しくないと感じる場合もある。けれど、他人の意見というのは一種の道案内である。ときには道案内に頼って、今まで知らなかった世界に辿り着くのも悪いことではない。経験が浅いからと言って入り口でシャットアウトするのは、大人げないような気がした。

「でもまあ、結局皆さん召し上がって、美味しいって褒めてくださいました。俺の取り分がーってシンゾウさんは嘆いてましたけど」

「やっぱりそこか！」

季節限定で手に入りにくい酒のことである。みんなが呑みたがれば呑みたがるほど、自分に回ってくる量が減ってしまう。町内のご意見番としての立場をかなぐり捨ててまで、他の客を蹴散らそうとするなんて、シンゾウはよほどこの酒が好きなのだろう。

かわいらしいところもあるんだな、と思ったら、『永遠のライバル』、しかも少々後れを取り気味という事実が気にならなくなりそうだった。

ねぎま鍋と『得月』を堪能して落ち着いたのか、要は工事の段取りについて話し始めた。

しばらく説明を続けたあと、美音に確かめてくる。

「というのがだいたいの工程かな。それで、店にあるものの整理とかは大丈夫？」

「はい。明日の午後、運送屋さんが来てくれます。工事は年明けからですけど、年内にすっきりさせたいと思って」

店の中にあるものはいったんレンタル倉庫に入れることにした。

美音は家に運べばいいと思っていたのだが、家は狭い上に、美音の引っ越しに備えて荷物を整理しなければならない。店の備品やら在庫やらを持ち込んだら収拾がつかなくなる、と要に言われ、やむなく倉庫を借りることにしたのである。

しかも、それではインターネットで検索して……と思っていたら、要がメールでおすすめ順位付きのレンタル倉庫業者リストを送ってきた。

美音と馨は迷うことなく要のおすすめ一位の業者に連絡したのだが、要はそのころには引っ越し屋の手配まで済ませていた。

「おかげさまで、無事年明けから工事に入れそうです。ありがとうございました」

申し訳なくて何度も頭を下げる美音に、要は面白くなさそうに言った。

「なんでもかんでもひとりでやろうとするのはやめてよ。何度も言うけど、これはふたりで住む家のことなんだからね」

「はい……」

そうはいっても、長年何でもひとりで決めてきた身で、共同作業には馴染《なじ》みが薄い。徐々に慣れていくしかないな、と思いつつ、視線を上げた美音は、壁にあるカレンダーを見てはっとした。

「あ……いけない……」

慌てて、時計を確かめると日付はとっくに変わっていた。美音の慌てた様子に気付いて、要が訊《たず》ねてくる。

「どうしたの？」

「ちょっと忘れ物が……」

「忘れ物？　なにを？」

「なにというか……あの、すみません。ちょっと説明してる時間が……。お店、閉めちゃっていいですか？」

「え、どういうこと？」

要が来た時点で、暖簾《のれん》は中にしまってあった。この状況で、閉めていいかと言えば、それはもう帰れという意味になる。感じが悪いし、普段なら絶対にこんなことは言わない。それでも言わざるを得ない状況で、要の困惑は覚悟の上だった。

「本当にごめんなさい。ちょっと出かけなきゃならないんです」

「出かけるって……こんな時間にどこへ？　もしかしてレンタル屋さん？」

『加藤《かとう》精肉店』と『豆腐の戸田』の間で諍《いさか》いが起こった話をしたとき、話の始まりが真夜中のレンタル屋で美音がリカに会ったことだと聞いた要は、危ないからやめろと美音に注意した。ＤＶＤぐらい自分が帰りに返していくから、と引き受けてくれたことさえあったのだ。要はきっと、また美音が返し忘れたと思ったのだろう。

「レンタル屋さんなら、おれが引き受けるって……」

「違うんです。明日、運送屋さんに出すお茶菓子を買いに行きたいんです」

「こんな時間に？」

わざわざお茶菓子と言ったせいでデパートか和菓子屋、あるいはケーキ屋を思い浮かべたのだろう。要は、そんな店はもうとっくに閉まっているはずだと言う。コンビニならばすぐそばにもあるし、一日中営業している。なにも今から行かなくても、と考えたに違いない。

美音は慌てて事情を説明した。

「本当は昼間のうちに行っておきたかったんですけど、今日はばたばたしてて行けなかったんです。隣の駅前にあるスーパーなら一時まで開いてて、お土産《みやげ》用のお菓子も置いているので……」

そのスーパーには、日持ちがするクッキーやチョコレートの詰め合わせを並べたコーナーがある。

利用客が多い駅にあるだけに、帰省する客が土産を買っていくことも多いのだろう。スーパーなら飲み物も安く買えるし、急げば閉店に間に合いそうだった。

美音の話を聞いて、要は軽く頷いた。

「なんだ、そんなことか……。じゃあ、一緒に行こうよ」

「え……でも、おうちは反対方向ですし、要さんは疲れてらっしゃるでしょう？

明日だって朝からお仕事が！」

「でも危ないだろう、夜中だぞ」

「わかりました。じゃあ駅までは一緒に行きましょう」

「帰りは⁉」

「平気ですよ。なんならタクシーでも拾います」

本当に心配性なんだから、と思いながら、美音は最後の食器を洗い上げた。はいおしまい、と手を拭き、八重にもらったハンドクリームをすり込む。

要は、そんな美音を見ていたが、やがて少し疲れた調子で言った。

「正直、このところ店の改装がらみで更に忙しくて、おれはちょっと疲れてる」

「やっぱり。だから言ってるんです。お気遣いなく、私はひとりで大丈夫ですから」

「はい、アウト」

何がアウトなんだろう、と美音は首を傾げた。要はため息をつき、それでもきっぱり宣言した。

「買い物には一緒に行く。でもって、そこからおれの部屋に直行」

おれが目の前にいるのに、ひとりで行くなんてとんでもない、と要は半ば怒っている。慌てて謝ってみたが、まったく聞き入れてくれなかった。しかも、何を企《たくら》んでいるのか、にやにや笑いまで始まった。

「まあ、運送屋が来るまでには帰れると思うよ」

「それ午後の話ですから!!　要さん、仕事はどうするんですか⁉」

「仕事？　言ってなかったっけ？　増築を請け負った施主《せしゅ》が、なんだか人手不足らしいから、荷物の整理を手伝うってことで時間を空けてあるんだ」

ちょっと待って、それって公私混同なんじゃ、という美音の焦りに満ちた言葉は、ご心配なく、無理やり半日有休をもぎ取りました、という実に隙のない答えに玉砕した。

†

要による拉致事件があったものの、翌日『ぼったくり』に戻った美音は、運送会社と要の協力を得て無事荷物の移動を終わらせた。

ほぼ空っぽになった店内を見回し、一抹の寂しさを覚えたものの、感慨に浸る間もなく馨に引きずられて帰宅、そのまま家の荷物の整理に移行した。ちなみに要は、半日だった有休を延長しようと会社と散々やりとりした結果、あえなく玉砕、文句たらたらで出勤していった。

「お姉ちゃん、この辺の古いアルバムとかどうするの？」

「お父さんとお母さんのはここに置いておいて」

「お姉ちゃんは持っていかなくていいの？」

「お父さんとお母さんの家はここだもの。ここに置いておくべきでしょ」

そんな理由は嘘とまでは言わないが、ただの建前だ。

これからしばらく馨はひとり暮らしになる。両親の写真があれば、少しは寂しさも紛れるかもしれないし、アルバムの中から父や母が馨を見守ってくれるだろう。もちろん、ナンセンスな考えには違いないけれど、美音はそんな気がしてならなかった。

おふたりさん、馨をよろしくね、なんて心の中で呟《つぶや》きながら、美音はまとめておいてあったアルバムの中から自分の分を抜き出す。ついつい開いて見入ってしまうのはお約束。

まだ若かった父の片腕に抱かれ、驚いたような顔で写っている自分を見て、なんて不細工……と笑い出しそうになるのはいつものことだ。

きっと母が見慣れない機械を構えているのに驚いて、いつも以上に滑稽《こっけい》な表情になってしまったのだろう。

母から聞いた話では、子どもが生まれた嬉しさに、早くカメラを手に入れたいと思いながらも、なかなか果たせなかったという。当時は既にカメラは高い買い物ではなくなっていたけれど、父がせっかくならとこだわりにこだわって、選ぶのに相当時間がかかったそうだ。

そして、やっとのことで機種を決め、購入したあとふたりはそのカメラで娘を撮りまくった。その結果、アルバムに貼りきれないどころか、大きなお菓子の空き箱を二つも三つも満杯にするほどの写真が残ってしまったらしい。

そんな大量の写真の中から厳選して作られたアルバムは、『ザ・ベスト』と言うべきもののはずなのに、写っているのはひどく滑稽《こっけい》な表情をした自分。それ以外の写真は推して知るべし、確かめるまでもない放送事故レベルだろう。

両親は、美音の『ザ・ベスト』アルバム作成によって、写真撮影と整理にかけた労力と出来映えが見合わないことを悟った。加えて、生まれたばかりの馨があまりにも『お猿さん』だったことも影響して、姉妹の写真枚数に大差がつくことになったのである。

「変な写真が山ほどあるよりも、枚数は少なくても全部かわいいほうがいいよ」

馨は、美音のアルバムを見るたびに、そんな負け惜しみみたいなことを言う。けれど、やはり昔の自分を伝えてくれるものが少ないことを寂しがっているように思える。というよりも、父や母と一緒に写っている自分が見たいに違いない。

マサの孫娘ではないが、美音だって、上の子って我慢ばっかりで損だ、と思ったことは多々あった。だが、下の子は下の子で、損だと思うことも多いのかもしれない。

夜になると両親が留守になる家で、ずっとふたりで過ごしていた。両親が亡くなってからは、名実ともにふたりきり、辛いことも楽しいことも分け合って生きてきた。

この家と『ぼったくり』は目と鼻の先、歩いても十五分もかからない。毎日のように店で顔を合わせるにしても、馨ひとりをこの家に残していくのは気がかりだった。

美音がそんなことを考えていると、馨が呆れたような声を上げた。

「お姉ちゃん、またしょうもないことを考えてるね？　馨を置いていくのは心配、とかなんとか！」

「だって……」

「あのね、お互いいい大人なんだからそろそろ自立しようよ。あたしだって、ひとり暮らしをしてみたいと思ってたんだから、引っ越しもしないで『おひとり様』になれるなんてラッキーそのものだよ」

そして馨は、美音の肩を両手でバンと叩く。

「お姉ちゃんは、結局ひとり暮らしはできなかったよね？　それってかなりつまんないと思うよ。そりゃあ、あたしがいたのが悪いんだけどさ。あたしは、お姉ちゃんの分までひとり暮らしの自由を堪能させてもらうつもり。だから、大丈夫、心配ご無用！」

そのあと馨は、鼻歌まじりに押し入れから衣装ケースを引っ張り出す。中に入っているのは、美音と馨が小さいころ着ていた服である。

「うひゃー、こんな服まだ取ってあったんだ。いくら流行は繰り返すって言ったって、やっぱり今の流行と昔の服は全然違うのにね！　お母さんってば本当に貧乏性」

「いつか孫ができたら着せよう、なんて思ってたのかしら」

「まあねえ……ふたりも娘がいたら、どっちかひとりぐらいは、って思ってただろうね」

まさかふたり揃って娘の花嫁姿も見ないままに逝《い》ってしまうなんて予想もしなかっただろう。

早逝した両親を思って、美音がしんみりしかけたとき、馨が明るい声で言った。

「ま、あたしたちに子どもができたときは、ちゃんと新しいのを買おう。そのためには、一生懸命働いて稼がないと！　ってことで、お姉ちゃん、そろそろ本気でぼったくりを目指さない？」

「できると思う？」

「あはは、確かに無理だね。でもまあ、要さんのお母さんなら、ブランド子ども服をいっぱい買ってくれそうだし、心配することもないか」

「どうかしらねえ……」

八重は、息子にはかなり厳しい人のように見える。けれど、そういう人に限って孫には甘かったりするそうだから、子どもができたとなったら生まれる前からベビー服を買いに走るかもしれない。

「どっちにしても、もうちょっと先の話。まずは結婚式を済ませないと」

美音はその言葉で話を終わらせようとした。ところが馨は、その『まずは結婚式』に突っ込みを入れてくる。

「そういえば、式の準備は進んでるの？」

「あーそれがねえ……」

ついつい口調が重くなる。実は、昨日もその件で要とぶつかってしまったのだ。

なにもかもを大規模に、派手にやりたがる要と、ジミ婚志向の美音の意見が一致するはずがなかった。意見調整がうまくいかない、と嘆く美音に、馨はしたり顔で説く。

「そりゃそうでしょ。だって要さんはあの佐島一族なんだよ？　いくら下町《したまち》ナイズしようったって限界があるよ」

そもそも、こんな下町の居酒屋の上に住むというだけでもかなりの譲歩だ。結婚式なんて一日のこと、派手にしたいのにジミ婚を強いられるならまだしも、その逆なんだから我慢できるだろう、と馨は主張する。

「結婚式は女の晴れ舞台じゃない。ぱーっとやってくれるんなら文句なんてないでしょ？」

「あんたはそうかもしれないけど、私は地味なのがいいの。むしろ、結婚式なんてパスしたいぐらいなんだから」

「えー、そんなのつまんない！　せっかくだから、お色直しを五回ぐらいやってよ」

「五回⁉　それじゃあ着替えばっかりで、席にいる暇もなくなっちゃうわよ」

「あ、そうか……。それはけっこう失礼だね」

「でしょう？」

なによりも、そんなに大きな結婚式にしたら要関係の出席者ばかりになってしまう。

ただでさえ美音は既に両親もなく、親族もそう多くはない。その上、父方の親族とは墓を建てる建てないで絶縁状態なのだから、出席者の数などたかがしれている。

たとえ『ぼったくり』の常連に頼み込んで、全員に来てもらえたとしても、要側の三分の一にも満たないだろう。

「常連さんたち全員⁉」

「できれば、ご近所の皆さんも全部。でも、それってどう考えても変でしょ？」

美音の言葉を聞いて、馨が笑い出した。

新郎側には見るからに育ちのよさそうな客ばかりが並んでいるのに、新婦側には慣れない盛装にぎこちなくなりまくっている下町《したまち》ご一行様。粗相してはなるまいと緊張しまくっている、マサやリョウの姿を思い浮かべているのだろう。息ができなくなるほど笑ったあと、馨はようやく、バランスが取れなすぎるという美音に同意した。

「確かにね。数だけじゃなくて、その場の雰囲気まで考えても、ちょっと無理がありそう」

「だから、もっとこぢんまりしたお式にしてほしいって何度も言ったんだけど、要さんったら、全然聞いてくれないのよ」

大抵のことなら譲歩してくれる要が、結婚式に関してだけは頑として譲ってくれない。

あとでいちいち紹介しながら挨拶回りをするぐらいなら、全部いっぺんに済ませてしまいたいという要の意見は理に適《かな》っているのかもしれない。けれど、最低限挨拶をしなければならない人間の数が、三桁に上るというのはいかがなものか。

うちは多産系で親族も多いし、仕事、友人関係まで含めると招待客は二百人以上だと要に言われて、美音は頭を抱えてしまった。

もう少し、人数を絞り込むわけにはいかないのか、という美音の問いかけにも、要は首を横にしか振らない。

要曰《いわ》く、自分は立ち回りが上手いらしく、親族や友人はもちろん、会社、取引先からも相当かわいがってもらっている。誰もが、あいつと一番仲がいいのは自分だ、と張り合うぐらいだから、平等に呼ばないともめ事が起きる、とのこと。

祖父の松雄《まつお》に『長男のときより招待客が多いというのはどういうことだ』と呆れられても、平然と『人脈は多いに越したことはない』と言い返したそうだから、もはや処置なしである。

「それじゃあ仕方ないね。ま、諦めて式場で一番大きな部屋の高砂《たかさご》に納まってください」

慰《なぐさ》めとも、激励《げきれい》ともつかぬ言葉を吐いたあと、馨はふいに不安そうにする。

「でも、親族席ってたいてい後ろのほうだよね。そんな大きな会場だと、あたしの席からお姉ちゃんが見えないかも……」

「あんたの席は、なにがなんでも一番近いところにしてもらうわ。じゃないと不安で仕方がないもの」

新郎側の席は錚々《そうそう》たるメンバーでいっぱいだろう。そういう人たちがこぞって祝いに駆けつける要と、これからちゃんとやっていけるのかと恐くなるに違いない。そんなときに、馨が近くにいてくれて、『だーいじょーぶ！　なんとかなる！』なんて親指を立ててくれたら、どれほど心強いことだろう。

「お姉ちゃん……」

そう言うなり、馨は美音の頭をよしよしと撫でてくる。

「うん、うん。不安だよね。生まれも育ちも全然違う人だもん。いくら要さんが、お姉ちゃんがいるところまで階段を下りてきてくれても、違うところはいっぱいあるだろうし、それに気付くたびにどうしようって思うよね……」

生活習慣の違いがどれほどのものであるかなんて、暮らしてみるまではわからない。

価値観が似ていると思って結婚しても、その初日から味噌汁《みそ》の味で大喧嘩に
なったなどという話は、いくらでも聞く。ましてや、相手は佐島要、不安になる
なと言うほうが無理だ、と馨は共感を示してくれた。

「一緒にいる時間があるようでなかったもんね、お姉ちゃんたちは」

普通の恋人同士のように、頻繁《ひんぱん》にデートをして意識のすりあわせをする時間な
どないに等しかった。最初は戸惑うことばかりだろうと、美音の不安は増す一方だ。
けれど、馨はそこできっぱり言い切った。

「でも大丈夫、きっとうまくいくよ」

「どうしてそう思うの？」

「要さんは、ずーっと仕事一筋でやってきたお姉ちゃんが、この人となら、って
思った相手なんでしょ？」

相手が自分とは全然違う世界にいる人だってわかっていて、あれこれ大変そう
だって自覚もちゃんとあって、それでも残りの人生をずっと一緒にいたいぐらい

好きになれたんならきっと大丈夫だ、と馨は太鼓判を押した。

「それにね、要さんはたぶん、よりどりみどりでどんな相手だって選べた人なんだよ。それでもお姉ちゃんを選んだぐらいなんだから、きっとお姉ちゃんのことを大事にしてくれるよ」

そして馨は、披露宴の予行だ、と言わんばかりに親指を立てた拳を突き出した。

†

「それで、美音坊の親代わりは誰が務めるんだい？」

日曜日の朝、いつもの公園で『八百源』を営むヒロシはミチヤに訊《たず》ねた。ミチヤは魚屋『魚辰』の店主である。

今週の掃除当番は、ミチヤとヒロシ、獣医の茂《しげる》に太田《おおた》クリニックの太田を加えた四人である。このところ町内の話題はもっぱら美音と要の結婚式で、とりわけ公園掃除の日になると町内の人たちはああでもない、こうでもないと憶測を語り合っていた。

とはいえ、近隣住民にしてみれば、いずれにしても自分たちには関係ない話だと思っていた。だからこそ、要と美音の連名で招待状が届いたときにはびっくり仰天したのだ。

シンゾウは招待状を見るなり『ぼったくり』にやってきて、さすがに自分たちを招待するのは筋違いだろう、と美音を諭《さと》そうとしたそうだ。そんなシンゾウを美音は馨とふたりがかりで説得したという。

両親亡きあと、今までなんとかやってこられたのは町の人たちが見守ってくれたからだ。店を継いだ当時、美音の腕前も酒を選ぶ技術も父、健吾《けんご》とは比べるべくもなかった。にもかかわらず、通ってきてくれた人がいたからこそ『ぼったくり』は潰れることなく続いてきた。とにかく、近隣の方々とお客様のおかげなのだ、と力説する姉妹に根負けし、とうとうシンゾウも出席を決めた。町内のご意見番が出席とあらば、あとは『右へ倣《なら》え』である。

かくして『ぼったくり』の常連と、近隣の人たちのほとんどが美音と要の結婚式に出席することになった。それだけでもけっこうな人数ではあったが、要関係の出席者はさらにその倍近いとなると、この界隈《かいわい》では聞いたこともないほど大きな結婚式になる。町内会長で近隣の仕切り役であるヒロシとしては、誰が挨拶をするのかを含めた式の進行が気になるのも当然だった。

「こう言っちゃあなんだが、美音坊にはもう二親《ふたおや》がいねえ。要さんのほうもお袋さんだけだとは聞いてるが、あっちは祖父さん、祖母さんが健在だって話だし……」

祖父母すらもういない美音の親代わりを引き受ける人間がいない。ヒロシはそれが心配でならなかった。ところが、ミチヤは至って呑気に答える。

「まあ、誰かがやるさ。天涯孤独《てんがいこどく》ってわけでもないし、親戚にひとりぐらい引き受けてくれる奴がいるだろう」

「相変わらず気楽な奴だな！　よく考えてくれよ。年に一回も会わないような親戚に、美音坊の親代わりが任せられるか？　俺は嫌だぞ！　それぐらいなら町内会長の俺が……」

ヒロシはそう言って意気込んだ。それを止めたのは茂である。

「俺たちが出る幕じゃない。年に一回も会わなくたって、赤の他人よりはマシだ。そうでなくても要さん側の客とは畑違いの奴らが押しかけるんだ。あんまり出しゃばったら、美音ちゃんを困らせるだけだろう」

「でもよう茂先生……せっかくの美音坊の嫁入りじゃねえか。俺は精一杯心に残る、いい式にしてやりたいんだ。そのためにできることならなんだって……」

ヒロシは、大きすぎる結婚式が味気ないものになってしまわないか心配でならなかった。末席からは高砂《たかさご》が見えないような大会場で、美音のことなどほとんど知らない親戚に通り一遍の挨拶をされるなんて許せない。

そこで口を開いたのは太田だった。

「気持ちはわかるが、そこはもう諦めるしかない。とにかく美音ちゃんの晴れ姿を見せてもらえるだけでもありがたいことなんだ。それで満足したほうがいい」

「そうそう。太田先生のおっしゃるとおり。俺たちはハンカチ片手にすすり泣いてりゃいいんだよ。美音ちゃん、お幸せに～ってな」

「うへー、なんだそれ」

身体をくねらせて言うミチヤに大笑いしつつ、一同は掃き集めた枯れ葉をゴミ袋に詰め込む。一杯になった袋をゴミ置き場に運ぼうとしていると、向こうからやってくる人がいる。日曜の朝っぱらから誰だろう、と目をこらすと、それはウメだった。

「おはよう、ウメ婆。どうした？　なんか心ここにあらずじゃねえか」

俯《うつむ》いて歩いていたウメは、ヒロシに声をかけられて飛び上がりそうになっている。

「なんだよ、ヒロシさんかい。驚かさないでおくれ。もう『びっくり』は間に合ってるよ」

「穏やかじゃねえな。なにごとだい？」

ウメはいわば悠々自適の楽隠居状態である。経験豊富で酸いも甘いもかみ分けているウメがこんなことを言うのは珍しい。よほどのことだろう、ということで、四人はウメの話を聞いてみることにした。

ウメはほとほと困り果てたように言う。

「美音坊には参ったよ……。よりにもよってこのあたしに、親代わりを任せようっていうんだからね」

「ウメさんに親代わりを……」

「ほらね、ヒロシさんだってそんな顔になるだろ？　まったく信じられないよ。父親代わりをシンさんに頼むのはいいさ。実際、先代が亡くなったあと、シンさんは町内のご意見番として美音坊を支えてきた、誰が見たって適役だ。でもなにもそこにあたしをくっつけなくてもいいだろうに……」

いったい何を考えてるんだろう、とウメは嘆くことしきりだった。だが、ヒロシはグッドチョイス！　と叫びたいほどだった。つい先ほどまで、自分たちの出る幕じゃない、とヒロシを窘《たしな》めていた茂も大きく頷いて言う。

「シンゾウさんが父親代わり、ウメさんが母親代わりか……。さすが美音ちゃんだな。シンゾウさんはしっかり者で弁が立つから挨拶なんてお手の物だろうし、ウメさんが留め袖を着てしゃきっと立ってたら、とんでもなく見栄えがする」

元芸者の艶姿《あですがた》を見せてくれよ、なんて全く見当違いな褒《ほ》め方をされてウメはいよいよ困った顔になる。

「頼むにしたって、他にもっとまともなのがいるよ。シンさんを引っ張り出すなら、母親代わりは、連れ合いのサヨさんに頼むのが本当じゃないか。なんでわざわざ……」

嘆き続けるウメを慰《なぐさ》めるように、太田が言う。

「ウメさんは、美音ちゃんがうんと小さいころから知ってる。年の順から考えても、ウメさんが適任だと思うなあ……」

「俺もそう思う。もしかして、サヨさんになにか言われたとか？」

茂が心配そうに訊《き》いたが、ウメはきっぱり否定した。

「いいや。あの人はできた奥さんだから、そんなこと言うわけがない。むしろ、美音坊が望んでるんだから是非そうしてやってくれ、って頼まれたぐらいだよ」

「だよな。ウメさんは、美音ちゃんや馨ちゃんが学校から帰ってきて公園で遊んでると、ちょいちょい声をかけてやってたよな。その時分には先代夫婦は仕込みが忙しくて構ってられない。でも、やっぱりちょっとは大人の目があったほうがいいからって」

「そんなこともあったね……」

「な？　先代が存命だったころから、ウメさんはあの子らの母親役みたいなものだったんだ。もちろん、パートかアルバイトぐらいだけどさ」

本当の母親がいない今、代わりを務められるのはウメしかいない、と茂は言う。もちろん、その場にいたみんなも同じ意見で、異口同音にウメに大役を引き受けるよう勧める。やがてウメは、腹をくくったように宣言した。

「わかった、美音坊のためだ。現役時代そのまんま、ウメ吉の艶姿《あですがた》を見せてやろうじゃないか！」

「いや、ウメさん、そのまんまってのはちょっと……」

うっかり余計な口をきいたミチヤは、ウメに竹箒《たけぼうき》でお尻をぶっ叩かれた。

「ほんと口が減らない魚屋だね。余計なこと言ってないで、美音坊の結婚式には、でかい舟盛りのひとつでも届けるんだよ！」

「おうよ。式場の乾いたような刺身なんて勘弁してくれ、ってんで、とっくに『魚辰』から極上の舟盛りを運び込む算段済みだ」

「え、ほんとかい？」

冗談のつもりだったのに、とウメが戸惑っている。

大きな結婚式なのだから、フランス料理のフルコースとか、いかにもしゃれた料理じゃないのか？　とヒロシは思っていたし、みんなも口々に、ホテルの真っ白なテーブルクロスに豪華絢爛《ごうかけんらん》に並べられたなんとかのかんとか風やら、かんとかのなんたらソースがけやら、舌を噛みそうな料理がしずしずと運ばれてくるんじゃ……と首を傾げている。

ミチヤはすっかり事情がわかっていると見えて、得意満面で説明する。

「フルコースとやらは、美音坊が全部断ったそうだ」

結婚式場の手の込んだ料理は美味しいに違いないが、自分が招待した人たちはコース料理をシャチホコばって食べるのは苦手だろう。自分の結婚式で、緊張で何を食べたかわからないような思いはしてほしくない、と美音は言い張ったそうだ。

「美音坊にしてみれば、全部自分が作りたいぐらいだっただろうさ。でも、さすがに花嫁自《みず》ら高砂《たかさご》から駆け下りて包丁を振るうわけにはいかねえ。だから少しでも美味しく食べてもらえるように、ホテルに乗り込んでメニューを決めるところからやったんだってさ。もちろん食材そのものとか、味付けにも口を出したらしい」

「なるほどね。それで刺身は『魚辰』からってわけか」

「うちだけじゃねえぞ」

時間を割《さ》いて出席してもらう代わりに、と美音は可能な限り、食材を商店街から仕入れてくれるよう頼み込んだという。

「よくそんなことが、と思ったけど、そこはさすがは佐島建設。何食わぬ顔で無理を通しちまったそうだ。美音坊がびっくりしてたよ。『言ってみるもんですねえ……』ってさ」

そんなわけで、披露宴で出す料理の食材は、ほとんどが商店街から仕入れられることになったそうだ。

「要さん、えらいこと予算張り込んでくれたから、築地から極上の魚入れられるぜ。それこそ大間だろうが戸井だろうが何でもござれだ」

「『魚辰』、あんたそれで儲《もう》けるつもりじゃないだろうね?」

「そんなわけないだろ。普通だよ、普通! じゃないと、美音坊に叱られちまう」

ご祝儀代わりに原価で納める、というミチヤの提案を、美音はあっさり断ったらしい。

「商《あきな》いは商い。ちゃんと利益も取ってくれ。さもないと今後『魚辰』さんとの付き合いは考えざるを得ない、だってさ。美音坊。こーんな目をして言うんだぜ。おっかねえ……」

両手で目尻を釣り上げ、ミチヤが苦笑する。そこまで言われては、ミチヤも『普通の商い』に徹するしかなかったのだろう。

「俺がその話を聞いたのは昨日だから、近いうちにヒロシのところや『加藤精肉店』にも話が行くと思う。もちろん、他の店にもな」

「くーっ! やってくれるねえ、美音坊!」

ヒロシは感極まって叫んだ。だがその直後、そこにいたふたりの医師に目を遣《や》って、後ろめたさで一杯になる。自分たちは美音の結婚式で儲けることができるだろう。けれどそれは、医者や獣医には一切関係のない話だと気付いたからだ。

「すみません。自分たちのことばっかりで……」

結婚式で急患が相次ぎその場で診療なんてことになるわけもないし、なったらなったで大変である。獣医はもっとお呼びじゃない。ついでに言えば、『山敷薬局』だって商機はゼロだ。

だが太田は笑って言った。

「大丈夫だよ。もともとうちも茂先生のところも日曜日は休みだし、シンゾウさんのところだって、店を開けてても客なんて来ないさ。みんな結婚式に出てるんだからな。シンゾウさんにしてみれば、そんなことより美音坊の門出を祝いたい気持ちのほうがずっと大きいに決まってる」

「だよね。あのふたりがずっとこの町に住んでくれる。それはあたしらにとって、本当に嬉しいことだ。商売なんてそっちのけで、どんちゃん騒ぎしたいぐらいだよ」

そんなウメの言葉に全員が真顔で頷く。

先代夫婦が亡くなり『ぼったくり』を継ぐことを決めた日から、近隣住民たちは美音の結婚を気にしていた。

ひとりの女性として、生涯の伴侶に巡り会い、幸せになってくれることを望む気持ちはあった。けれど、結婚即《すなわ》ちこの町の外への引っ越しだと思っていた。だからこそ、仕事に打ち込んで結婚の『け』の字もなかった美音を心配しつつも、心のどこかでほっとしていたのである。

とりわけウメはその傾向が強く、結婚が決まったと聞いて、美音が選んだ相手に間違いはない、要は最良の伴侶になるとわかっていてもため息が止められなかった。

両親に連れられ、初めてこの町にやってきたときの美音のはにかんだ顔や、かいがいしく馨の面倒をみる様子が目に浮かんだ。中学生、高校生、大学生……美音は穏やかに、真っ直ぐに成長した。

思いもかけぬ両親との別れに打ちひしがれつつも、それを乗り越え、立派な『ぼったくり』の主《あるじ》となった。その過程をつぶさに見てきたウメとしては、美音の結婚は、娘が嫁にいくときのような寂しさを伴った。嬉しいと寂しいが一度に押し寄せてきて、収拾がつかなくなったほどだ。

いったいどこに住むのだろう。願わくは近くであってほしいけれど、要の家も学生時代に使っていたというマンションも、この町からは遠いと聞いた。本人は『ぼったくり』を続けると意気込んでいるが、家が遠いとそれもままならない。営業時間が短くなったり、最悪、店を閉めることになったりするのではないか――

ウメはそんな心配までしていたのである。

馴染《なじ》みの店としての『ぼったくり』がなくなることは辛い。だが、それ以上に、ウメにとって美音との接点を失うことが辛かった。

そんなとき、要が『ぼったくり』を増築し、上に住むことを提案してくれた。予想外の解決案に、ウメは思わず膝を打ったほどだ。話を聞いた町の人たちは一様に安心し、褒《ほ》め讃《たた》えた。もっとも近隣住民たちは、要よりもそんな男を選んだ美音を褒めちぎったのだが、そこはそれ身贔屓《みびいき》というやつだろう。

いずれにしても、美音はこれからもこの町に住み続ける。おそらく馨も……

「おい、ウメさん、ウメ婆ってば！」

そんなことをぼんやり考えていたウメは、ヒロシの声で我に返った。ふと見ると、みんながこちらを見ている。どうやら、何か訊《き》かれていたらしい。

「ごめんよ。つい、ぼうっとしちまってた。なんだい？」

「なんだい、じゃないよ。しっかりしておくれよ。美音坊の結婚祝いをどうしようって話だよ」

ヒロシは、花嫁の親代わりがそれじゃあ困っちまうじゃないか、と呆れ顔になっている。

「ああ、それは大事だね。なにかこう、洒落《しゃれ》たものがいいねえ」

「そりゃもちろんだよ。でも、なにが『洒落たもの』なのかが難しいんじゃないか」

「そうだねえ……」

ウメだけではなく、ヒロシやミチヤ、茂に太田まで首を傾げる。この町に住み続けることになった美音に、誰もが飛びきりの祝いを贈りたいと思っている。

こんなときこそご意見番の出番だ、とみんなして『山敷薬局』に押しかけ、シンゾウにも相談してみたが埒《らち》があかない。あれはどうだ、これはどうだと提案ばかりでちっとも決まらないのだ。結局、これはもう町内に留《とど》めず『ぼったくり』の常連も巻き込んで意見を募《つの》るしかない、ということで、めでたく美音の結婚祝い選定委員会の立ち上げが決定した。

赤身と白身

魚にはマグロやカツオといった赤身のものと、ヒラメやタイのような白身のものがあります。ではなぜ、赤身と白身があるのでしょうか？

両者の違いは、ずばり運動量。マグロやカツオのように高速で泳ぎ続ける回遊魚には酸素を取り入れるためのヘモグロビン、ミオグロビンといった色素タンパク質がたくさんあり、これらが赤身の正体なのです。

ヒラメやタイが白身なのは、運動量が少なく色素タンパク質が多量に必要ではないため。岩場に住み着いている魚に白身が多いのも同じ理由です。

アクティブ派の赤身、インドア（?）派の白身、あなたはどちらがお好みですか？

たこ焼きパーティ

たこ焼き

お好みボール

明石焼き

アヒージョ

年の瀬まであと数日となった土曜日の午後、居酒屋『ぼったくり』の常連客であるウメは押し入れの片付けに追われていた。

いわゆる大掃除はとっくに終わっている……というよりも、普段からマメに掃除をしているので大掃除の必要はない。ただ、納戸や押し入れはものでいっぱいになっている。

きちんと整理整頓されているから見苦しくはないが、世間では『断捨離《だんしゃり》』とやらが大流行。日本のように住宅費が高い土地で不要なものに場所を占領されるのは、お金をどぶに捨てるようなものだ、とまで言われている。さらに『終活《しゅうかつ》』という言葉も頭をちらつく。

自分はひとり暮らしだし、自分がいなくなったあと、家の片付けで息子たちに迷惑をかけるのは嫌だ、と考えたウメは、重い腰を上げて押し入れの中を整理することにしたのである。

押し入れを占領している箱の半分はタオルやシーツ、陶器といった頂き物の類《たぐい》である。

はじめに手をつけた上の段は問題なかった。タオルやシーツの軽い箱ばかりだったからだ。しかも、蓋を開けてみたところ若い子が使うようなスポーツタオルがたくさん出てきた。

孫たちはもうすぐ中学生になる。運動部にでも入ればタオルは必需品、何枚あっても邪魔にはならない。これなら孫たちが使ってくれるだろう、と安堵しつつ、ウメは箱を部屋の片隅に積み上げた。

湯飲みや茶碗、取り皿のセットも出てきたが、タオルと違ってこういったものはそうそう傷《いた》むものではない。好みに合うものがあればもっていってもらうことにして、これもいったん押し入れの外に出す。

頂き物の箱を外に出したあと、残ったのはいくつかの段ボール箱だった。

ああ、これは……と少々嫌な予感を覚えつつ開けてみる。案の定、中から出てきたのは手紙や写真、ノートといった、捨てるに捨てられない『思い出グッズ』だった。

別の箱からは、息子が小さいころに大事にしていたクマのぬいぐるみまで出てきた。

このぬいぐるみは今は亡き夫が、息子の五歳の誕生祝いに、と自ら選《みずか》んで買ったものだ。

当時ウメは、男の子にぬいぐるみ？　と疑問に思ったけれど、夫は男の子だってぬいぐるみは欲しいはずだ、と譲らず、何軒もデパートやおもちゃ屋をまわった。ぬいぐるみの顔なんてどれも似たようなものだろう、というウメの考えをよそに、彼は真剣な眼差しで『一番かわいい顔』のクマを選び出した。そのぬいぐるみは確かにかわいかったし、ソウタも大喜びで、その夜から一緒に寝ることになったのである。

さすがに小学校高学年になるころには、ぬいぐるみと一緒に寝ることはなくなったし、ソウタ自身も処分していいよと言った。けれど、そのクマを見るたびに、一生懸命選んでいた夫や、ぬいぐるみに寄り添って眠るソウタの姿が目に浮かび、ウメには処分することができなかった。

特に夫が亡くなってしまったあと、このぬいぐるみはダントツで『捨てられないものランキング第一位』となり、防虫剤とともにビニル袋に密閉されることになったのである。

このぬいぐるみが今もなお押し入れに眠っているなんて、ソウタは考えもしないだろう。ウメがいなくなったあと、クマのぬいぐるみと再会したらきっと呆れるに違いない。さすがにそれまでには処分しておかないと……と思いつつ、やはりこのクマをゴミ袋に入れる気にはなれなかった。

これはまた次の機会に……と自分に言い訳しながら、ウメはクマが入った段ボール箱の蓋を閉め、押し入れの奥にしまい直した。

その後、同じような段ボール箱を開けて中を確かめては捨てられそうなものを外に出す、という作業が続いた。だが、捨てるという決断ができたものはほんのわずかで、段ボール箱の隙間が多少増えるに止《とど》まり、箱の数自体が減ることはなかった。

さらに、いったん捨てようと外に出したものにしても、改めて見てみるとひとつひとつから『捨てないで』という声が聞こえてくるようでいたたまれなくなる。とどのつまりはもう一度箱を開けてしまい直し、今までの作業はチャラという結果になってしまった。

なんという思い切りの悪さ、とため息をつきつつ最後の箱を押し入れの下段にしまい終える。

ところが、やれやれ……と立ち上がろうとしたとき、背中に痛みを感じた。思わず、ううっ……と呻《うめ》くほどの痛みだ。思ったより長い時間の作業になってしまったし、箱を移動させようとして普段しない動きをしたために、どこかの筋を痛めてしまったのだろう。

とりあえず湿布を貼っておこうと薬箱を探してみたが、目当てのものは見つからない。そういえば先週、肩こりがひどくて使ってしまったのだったと思い出し、やれやれとため息をつく。

——買い足さなきゃと思ってたのにうっかり忘れてた。嫌だねえ……年を取るとなんでもかんでも忘れちまって……

湿布を貼らずにすませようかとも考えたが、身体を動かすたびに痛みが走る。これは痛み止めが入った湿布を貼るしかない、ということで、ウメは薬局に行くことにした。

「おや、ウメ婆。どうした、浮かない顔して？」

よちよちと歩いて辿り着いた『山敷薬局』では、店主のシンゾウが心配そうに声をかけてくる。

薬局に来る人間はどこかしら身体に支障があると決まっている。浮かない顔をしていて当然ではないか、なんてひねくれたことを考えるのは、やはり背中の痛みのせいだろうか。

　そんなことを思いつつ、ウメはシンゾウに湿布を買いに来たことを伝えた。シンゾウは、ウメが背中を痛めるに至った経緯を聞いて、軽い唸《うな》り声を上げげた。

「あのなあ、ウメ婆。何時間もかがみ込んで押し入れの中を引っかき回すには、俺たちはちょいとばかり年を食いすぎたんだよ。そういうのは本当に短い時間、せいぜい三十分ぐらいにしとかねえと、身体を痛めちまう。でもって、痛みがなくなるのには動いた時間の何倍もかかっちまうんだぜ」

「とはいっても、年の瀬だし、ちょっとは片付けないと……」

「年の瀬だからってばたばたする必要ねえよ。年越しなんて結局のところは日付が一日進むだけだ、ぐらいに考えて、のんびりかまえてていいんだよ」

　シンゾウはずらりと湿布の箱が並んだ棚から、ウメがいつも使っている銘柄《めいがら》を取り出しながら、そんな注意を促《うなが》した。

「だけどさ、やっぱりここらで片付けておきたい、片付けなきゃって思っちまうんだよ。それこそ、身体が動くうちにさ」

「なにを片付けるんだよ。ウメ婆んちなんて、普段からちゃんと片付いてるじゃねえか」

「だから押し入れの中だよ。何十年も昔のぬいぐるみやら手紙やらが山ほど入ってる。世間様では『断捨離《だんしゃり》』とか『終活《しゅうかつ》』とか大流行だし、使わないものをいつまでも取っておくのは無駄だって言われたらそんな気になっちまってね。あたしだってもう、いつどうなってもおかしくない年だし」

「はあ⁉」

そこでシンゾウは素《す》っ頓狂《とんきょう》な声を上げ、さらに大声で笑った。

「心配ねえ。このあたりの年寄りはみんな元気だ。そりゃあどこもひとつも悪くねえとまでは言えないが、いわゆる一病息災を地で行ってる奴がほとんどだ。その一病ですら、ウメ婆にはないじゃないか。うちに来るのだって、せいぜい肩こり用の湿布を買いに来るぐらいだろ？」

大丈夫、ウメ婆は百まで生きられる、とシンゾウは太鼓判を押した。

「百までって……あんたねえ、本職の薬剤師がそういういい加減なことを言うんじゃないよ。どこも悪くなくったって事故に遭《あ》うことだってあるだろうに」

「あー……事故ね。それはないとは言いきれねえ。でもな、事故はいきなり降ってくるから事故なんだ。準備が間に合わなくても誰も責めやしねえよ」

「だからさあ……」

シンゾウはこの町のご意見番である。いつもならもっとこちらの気持ちに寄り添った発言をしてくれるのに、どうして今日に限ってこんなに話が通じないのか……とウメは首を傾げる。

納得がいかない様子のウメを見て、シンゾウはことさら深いため息をついた。

「いや……すまねえ。人にはそれぞれ考え方ってものがあるよな。ウメ婆がいろいろ備えておきたいっていうのを、俺が止めるのはおかしかった」

「いや、謝られるようなことじゃないけどね。どうしたんだい？　やけにこだわるじゃないか」

「こだわるっていうか……有り体に言うと今の『断捨離《だんしゃり》』ってのが、俺はちょいと気にくわないんだ」

そりゃまたなんで？　と不思議そうに問い返したウメに、シンゾウはとうとうと自説を語り始めた。

曰《いわ》く、自分たちは『ものは大事にしろ』って言い聞かされて育った世代だ。『使わない』と『使えない』は違う。壊れたものならまだしも、使わないからと言って壊れてもいないものを捨てるのには抵抗がある。どうしても『もったいない』という思いが先に立ってしまう。

さらに、ものには思い出がつきまとう。だからこそ捨てられずに、何十年もしまい込んでいるのだ。『断捨離』『終活《しゅうかつ》』とやらの名目で捨てられるぐらいなら、とっくに捨てていたはずだ――

シンゾウは、余程気に入らないのか、苦虫を噛みつぶしたような顔で言った。

「若い連中みたいに家が狭くてとか、家族が増えるからってのならわからんでもない。でも、ウメ婆んちはもので溢《あふ》れかえってるわけじゃねえ。置き場所ぐらいいくらでもあるだろ？　だったらそのままでいいじゃねえか」

「でもさ、あたしがいるうちはそれでいいけど、いなくなったあと息子たちに迷惑をかけるのは嫌だよ。親が逝《い》っちまったあと、家の片付けに難儀したってのは、よく聞く話だし」

「いいじゃねえか。これまでウメ婆は、ソウタ夫婦に面倒をかけたくないからってずっとひとりで暮らしてきたんだ。あとの始末ぐらい、あいつらに任せろ」

「それができるなら苦労はないよ……」

あいにくあたしはそういう質《たち》じゃない、と俯《うつむ》くウメに、シンゾウは、だろうな、と頷いた。そして、いきなり話題を変える。

「それはそうと、ウメ婆。あんたのことだから葬式代ぐらいは用意してるよな？」

「なにを訊《き》くかと思ったら……。当たり前だろ、それこそソウタたちに迷惑はかけられない。ちゃあんと置いてあるよ」

ウメ自身は、葬式なんて必要ないと思っている。けれどソウタ夫婦の考えは違うかもしれない。

葬式は無料ではできないのだから、それにかかる費用はもうずいぶん前から用意してあった。

「ソウタが盛大な葬式をやりたがるとは思えないけど、あの子も会社じゃけっこう頑張ってるし、付き合いも広い。それなりに体裁つける必要があるかもしれないんだよ。だから、多少派手な葬式でも大丈夫なぐらいは、ってさ。ま、普通の葬式ならふたり分ぐらいは出せるはずだよ」

他の相手ならここまでぶっちゃけたりしない。けれど、相手はシンゾウだ。普通なら訊くのをためらうようなことを訊いてくるのだから、それに基づいた提案をしてくれるのだろう。

ウメはそう信じて、シンゾウの言葉を待った。

「だろうな。じゃあ、心配ねえ。ソウタたちにこう言えよ。『あたしがいなくなったら、家の片付けは人を雇え』って」

「雇え……？」

「そういうことを専門にやる業者があるらしい」

家の片付けはなにかと大変だ。特に亡くなった親の家となると、どこから手をつけていいのかわからないという人も多い。手をつけてみたところで、それぞれの暮らしもあるのだから、かかり切りになるわけにもいかない。結局長い時間が必要となり、残されたものにとって大きな負担になりかねない。

ウメがそこまで息子たちに迷惑をかけたくないと思うのなら、専門の業者を雇う費用を置いていくというのもひとつの方法ではないか、とシンゾウは言うのだ。

「もしもソウタたちが自分で片付けたいって言うなら、それはそれでいい。人に任せるって選択肢さえ置いていってやれば、あとは好きにするさ。なにより俺は、いるものを捨てちまって後悔するより、いらねえものを置いとくほうがマシって考え方だよ」

自分がいなくなったあとのことを気にして、身の回りの片付けをする。すぐにいなくなればいいけれど、自分があとどれぐらい生きられるかなんて医者ですら判断できない。きれいさっぱり片付けて、寂しい思いをしながら長々生きる可能性だってあるだろう。

食べ物には思い出の付箋《ふせん》がついているのと同様、ものにも付箋がついている。年を取るといろいろなことを片っ端から忘れてしまうけれど、記憶が完全になくなるわけではない。ものを見ることで浮かび上がる記憶だってあるに違いない。

ものにまつわる思い出と寄り添いながら静かに終える人生も悪くない、という
シンゾウの意見は、ウメにとってもひどく納得できるものだった。
「このままいって、あとは人任せ。それは気楽だね。今はそういうやり方もある
んだねえ……」
「世の中金次第ってのは、昔から同じだ。なんとも世知辛い話だがな」
シンゾウはひどくつまらなそうな顔でそう言った。
だが、ウメに言わせればそれは悪いことばかりではないと思う。今まで自分で
やるしかなかった仕事を請け負ってくれる人が出てくれれば、助かる人はいる。そ
うでなければ、商売として成り立つわけがなかった。
「あたしはお金で済ますことは悪いことじゃないと思うよ。世の中、お金で済ま
ないこともたくさんある。だからこそ、お金で済むことは済ませちまえばいいん
だよ」
「まあな……。そうすれば、金で済まないことに全力投球できるかもな」
「そうだよ。そのためには、頑張って稼がないと……って、隠居のあたしが言う

ことじゃないね」

「まったくだ。ってことで、俺は商《あきな》いに精進するぜ。さあ、ウメ婆、湿布を買ってってくれ」

「はいよ。いつものを二箱ぐらいもらっとこうかね」

「それより、新発売のこっちはどうだ？　痛み止め成分がたっぷりで、今までのよりずっと効くぞ」

「そりゃありがたいけど……うわあ、いい値段だね！」

「痛い背中と長々と付き合いたくねえだろ？」

かくして効き目もいいが値段もすごい湿布を買わされたウメは、苦笑いとともに外に出た。見送るつもりか、シンゾウもついてくる。

お買い上げありがとう、と言ったあと、シンゾウはちょっと心配そうにウメを見た。

「そういえばウメ婆、晩飯はどうしてるんだ？」

「どうしてるって？」

「いや、これまでは三日に一度は『ぼったくり』で済ませてたが、休みに入っちまっただろ？　ずっとひとりで食ってるのか？」

「そうだよ。他に行き付けの店があるわけじゃないし、仕方ないじゃないか。まあ、クロもいるし、なんとかやってるよ」

「猫はかわいいだろうが、話し相手にはならねえぞ……。あ、そうだ、たまにはうちに食いに来るってのはどうだ？」

毎日ひとりってのは寂しいじゃねえか、とシンゾウは嬉しい誘いをしてくれる。けれど、シンゾウの商売は薬屋で、他人に食事をさせることではない。それに、飯を食いに来ないかと言われたところで、その飯を作るのもシンゾウではない。妻であるサヨの負担を考えたら、じゃあそうするよ、なんて言えるわけがなかった。

「ありがとよ。でも、あたしのことは気にしないでおくれ。せいぜい二月《ふたつき》ぐらいのことだ。なんとでもなるさ」

ウメはそう言うと、家のほうに戻りかける。そのとき、通りの向こうから嬉しそうな声が聞こえた。

「あ、ウメさん！　それにシンゾウさんも‼」

誰かと思えば、それは『ぼったくり』の常連のひとりであるアキだった。

「おや、アキちゃん。珍しいところで……」

アキはこのあたりの住民ではない。彼女がこの町に来るのは、『ぼったくり』があるからこそである。その『ぼったくり』が休業中なのに、なぜここにいるのだろう、とウメは不思議に思った。

シンゾウも同じように思ったらしく、首を傾げつつ訊《たず》ねる。

「まさか、『ぼったくり』が休業中だって忘れちまったわけじゃねえだろうな？」

「やだ、いくらあたしでもそこまでうっかりじゃないわよ。むしろ『ぼったくり』がお休みだからこそ、ここに来ちゃったの」

「は？　なんだい、そりゃ」

シンゾウとウメは思わず顔を見合わせてしまった。アキは、そんなふたりをさもありなんといったふうに見たあと、ここに来た理由を説明し始めた。

『ぼったくり』がお休みだと、みんなに会えないでしょ。やっぱり寂しくて、でもしょうがないかなーって思ってたの。だけど、ふと気がついたのよ。常連さんたちってけっこうこの町に住んでる人が多いじゃない？　ここに来れば、誰かに会えるんじゃないかなーって。少なくともシンゾウさんには会えるはずでしょ？」

土曜日だからアキの会社は休みだが、商店街なら営業しているはずだ。シンゾウは薬局の主《あるじ》だから、店に行けば会えるだろう。もしかしたら、近所に住んでいるウメやマサの顔も見られるかもしれないと期待して出かけてきたのだ、とアキは嬉しそうに語った。

「シンゾウさんの顔をちらっと見て、栄養ドリンクの一本でも買って帰ろうと思ったの。そしたらウメさんとシンゾウさんが立ってるじゃない。もう大ラッキー！」

「おやおや、嬉しいことを言ってくれるね。あ、そうだ、アキちゃん。ここまで来ちゃうぐらいだから、時間はあるんだろ？　あたしんちでお茶でも飲んでいかないかい？」

ウメの誘いに、アキは顔をぱっと輝かせた。けれど、すぐに首を横に振る。

「さすがにそれはご迷惑でしょ。いいの、ふたりの顔を見られただけで十分」

「迷惑なんかじゃないよ。あたしだって暇を持て余してるんだからね」

「でも……」

何度誘ってもアキはしきりに遠慮をするばかり。そんなアキにのんびり話しかけたのはシンゾウだった。

「アキちゃん、ひとつ頼まれてくれないか」

「え？」

「実はウメ婆、ちょいと無理して背中を痛めちまったんだよ」

「えー⁉　だったらよけいにお邪魔なんてできない……」

「じゃなくて、お邪魔して、この人の背中に湿布を貼ってやってくれないか」

痛む背中にひとりで湿布は貼れない。かといって、男の自分がウメに諸肌脱《もろはだ》がせて湿布を貼るのはいかがなものか。ここはひとつ同性であるアキがウメの家まで行って、貼ってやってくれると助かるのだが、というシンゾウの言葉に、ウメは大きく頷いた。

「確かに！　肩こりなら自分で湿布を貼れるけど、背中は難しいよ。貼るときのことまでは考えてなかった。悪いけどアキちゃん、ちょいと手伝っておくれよ」

「そっか……確かに、ひとりで背中に湿布は貼れないね。そういうことなら……」

やっと理由ができたとばかりに、アキはウメの家に行くことを承諾する。さすが町内のご意見番、と感謝しつつ、ウメはアキを連れて自宅に戻った。


「あ、クロだ！　クロ、久しぶり～！」

元気だったー？　とアキはまるで何年も会っていなかった友だちに話しかけるような口調になる。ところがクロのほうはちらっとアキを見ただけで、平然と通り過ぎる。

えー前に会ったじゃない、もう忘れちゃったの？　とぶつぶつ言っているアキに、ウメは茶の間に行くように促《うなが》した。

「今、お茶を淹《い》れるからね。お茶菓子は……あ、クッキーとおせんべいがあったはず」

台所でお湯を沸かしながら、ウメはいそいそと戸棚からお茶菓子を取り出す。鼻歌が出そうになったところで、ウメはやっと自分の心境を自覚した。シンゾウに言われたように、『ぼったくり』に行けなくなったことで相当寂しさを感じていたようだ。

考えてみれば、息子一家を除けば、普段から話をするのも『ぼったくり』のカウンターがもっぱら。それ以外では、買い物に出た際に挨拶程度の会話を交わすに過ぎない。その『ぼったくり』が休業とあって、ゆっくり話をする機会は激減していた。

おそらくシンゾウは、ウメが話をしなくなることで一気に惚《ぼ》ける心配までしてくれていたのだろう。

急須にお茶の葉を入れ、菓子鉢にクッキーとおせんべいを盛り付ける。ついでに、足下にじゃれついてくるクロに接客係を申しつけた。

「クロや、お茶が入るまでアキちゃんのお相手を頼むよ」

ウメの言葉がわかったのか、クロは大人しく茶の間のほうに歩いていく。さっきはつれなく通り過ぎたが、飼い主の命令とあらばちゃんと客の相手をするだろう。アキはクロの兄弟であるマツジの飼い主だし、匂いを嗅ぎ取ればなおさら愛想が良くなるに違いない。そうした意味で、クロは本当に頭のいい猫だった。

「はい、お待たせ。お茶が入ったよ」

「ありがとう、ウメさん。いきなりお邪魔してごめんね」

「誘ったのはあたしだよ」

「でも、そもそもあたしが商店街に行かなければ、こんなことにはならなかったし」

「アキちゃんが来てくれなければ、あたしは背中に湿布も貼れず困り果ててたよ」

「あ、そうだった。そっちが先だね」

アキはそう言うなり、ウメが卓袱台《ちゃぶだい》に置きっ放しにしてあった薬局の袋に手を伸ばした。

「あ、これ新発売のやつでしょ？　すごく効くって評判だよ」

「らしいね。シンゾウさんのお墨付きだけど、その分、値も張ったよ」

「でしょうねえ……見るからに高そうな箱だもの」

そう言いつつ、アキは箱を開け湿布を一枚取り出し、ウメの背中側に回った。

「捲《まく》っちゃっていい？」

「あいよ。すまないねえ、汚い背中見せちゃって」

「なに言ってるの。このあたりかな？」

「もうちょいと右のほうに頼むよ」

「はーい」

孫娘と交わすような会話にほっこりしながら、ウメは湿布の冷たさに身構えた。にもかかわらず予想以上のひやりとした感触に「ひっ！」なんて声を上げる。アキは、大丈夫？　と気遣いつつ捲り上げたセーターを下ろしてくれた。

「ありがとさん」

「お安い御用よ。じゃ、いただきまーす」

そう言うとアキはお茶を一口、続いて菓子鉢からクッキーを一枚取った。

　おそらくアキは自分がここに来た大義名分を果たして気が楽になったのだろう。それからしばらく、ふたりは猫たちや『ぼったくり』の常連たちはどうしているか、などの話に興じ、あっという間に時間が過ぎていった。

「わあ……もうこんな時間！　ウメさんごめんなさい、すっかりお邪魔しちゃった」

　スマホの時刻表示に目を留め、アキが声を上げた。外に目をやるとあたりは既に暗くなり始めている。慌てて立ち上がろうとしたアキに、ウメは訊《たず》ねる。

「このあと、なにか予定があるのかい？」

「え？　別にこれといった予定はないけど……」

「だったら、夕飯も食べてお行きよ」

　せっかく来てくれたのにお茶だけなんてつまらないし、もうちょっと話もしたい。アキが帰ってしまえばまたひとりきりになって寂しい、というウメの言葉に、アキは考え込む様子を見せる。

しまった、これ以上年寄りの相手をさせるのはかわいそうだったか、と慌ててウメは前言を撤回しようとした。

「あ、ごめんごめん。もう十分相手をしてもらったんだから、これ以上迷惑かけるわけにはいかないね」

「じゃなくて！　ウメさん、背中が痛いんでしょ？　だったらご飯を作るのは大変じゃないかなと思って……」

自分も帰ればひとりきりだ。夕食をともにするのは全然構わないが、ウメに作らせるのは申し訳なさすぎる。どこかに食べに行くか、出前でも取るほうがいいのではないか、とアキは言うのだ。

「お気遣いありがとさん。でも、どこかにっていっても、あたしは『ぼったくり』以外には行かないし、出前も取ったことがないし……」

「そっか……。じゃあいっそ、あたしが作ってみようか？　実は最近、ちょこちょこお料理してるんだ」

ウメさんの口に合うかどうかまったく保証の限りじゃないけど、とアキは苦笑する。そういえばアキは最近、同じく『ぼったくり』常連のリョウとつきあい始めた。おそらくお互いの部屋を行ったり来たりしながら、料理の腕を磨いているのだろう。

「それは楽しみ。でも、任せっぱなしっていうのもあれだから、一緒に作ろうか？」

「いやいや、だからー！」

お料理ってけっこう身体捻ったりするし、その度に痛いんだから！　とアキは必死にウメの参戦を阻止しようとする。どうしたものか、と考えた結果、鍋料理なら無難ではないかと思いついた。アキに提案してみたところ、それはいいとふたつ返事だった。

「お鍋はいいよね！　ひとりじゃ絶対にやらないし、『ぼったくり』でもなかなか……」

いかに客の要望にはとことん応《こた》える姿勢の『ぼったくり』であろうと、湯豆腐のようなひとり用の小鍋は出せても、みんなでつつくような鍋料理は無理だ。

ウメもアキもひとり暮らしで鍋料理を食べる機会は少ないし、なにより鍋料理は支度が簡単。この状況にこれ以上相応《ふさわ》しい料理はない、ということでふたりの夕食は鍋料理と決まった。

「豆腐はあるし、お肉は鶏でいいね。あ、白菜を切らしてた……。しょうがない、ちょいとヒロシさんのところに行ってくるかね」

ウメはよっこらしょ、と立ち上がり、買い物袋を取りに行く。商店街はすぐそこだし、アキには留守番をしてもらうつもりだった。ところが、玄関に向かうウメのあとからアキがついてくる。

「あんたはいいよ。クロと留守番しててておくれよ」

「駄目だよ、ウメさん。白菜なんて重いじゃない。あたしも行く」

「なにもひとつ丸ごと買うわけじゃなし。せいぜい半分か四分の一だから」

「でも行くの！　だって商店街を見てみたいんだもん」

この町に来るのは夜ばかりで、『ぼったくり』以外の店はたいてい閉まっている。せっかく開いている店を見る機会、しかも買い物ができるというのに留守番なんてつまらない、とアキは言い張る。確かに、今時商店街がシャッター通りにならなずにすんでいる町は珍しいし、近隣にあったところで会社勤めのアキが買い物をする機会などないに違いない。せっかくだから買い物をしてみたいというアキの気持ちもわからないでもなかった。

「じゃあ一緒に行こうか」

「そうこなくちゃ！」

やったーとまるで子どものような歓声を上げるアキと一緒に、ウメは『八百源』を目指した。

ところが意気揚々《いきようよう》と到着した『八百源』で、白菜が欲しいと言うウメに店主のヒロシは困った顔をした。

「すまねえ、白菜はもう売り切れちまった。なんせ品薄で……」

夏から秋にかけて起こった水害の影響で冬野菜の高騰が続いている。大根やほうれん草といった、品種によって蒔き時にばらつきがあるものはなんとか持ち直してきているものの、白菜の種蒔きはもっぱら八月から九月。そのため、今も入荷量が少ない状態が続いているそうだ。

「産地では白菜泥棒まで出てくる始末。冬に旨い白菜がねえなんて、八百屋の名折れだぜ」

ヒロシは悔しくてならないのか、吐き捨てるようにそう言った。

「そうかい……。まあこんな時間だし、仕方ないねえ……」

「ウメ婆、たぶん白菜は明日も入荷するから、朝一でよけとこうか？」

「そうだね。高いって言っても、たかが年寄りひとりが食べる分だ。ほんのぽっちりあればいいから、何千円ってこともないだろうし……じゃなくて！」

ウメはそこで、白菜を買いに来たのは今晩使うためだったと思い出した。やむなく、白菜の代わりに水菜やほうれん草を使おうかと考えているところに通りかかったのは馨だった。

早速見つけたアキが、歓声を上げる。

「馨ちゃんだ!! おーい！」

「え……あ、アキさんか。びっくりしたー」

馨は買い物用のエコバッグをぶら下げ、目をまん丸にしている。おそらくウメ同様、ここにいるはずのない人物を見つけて仰天しているのだろう。

かくかくしかじか、とここにいる理由を説明され、ついでに品薄な白菜についての嘆きも聞かされた馨は、ほんの三十秒ほど考えたあと、ぱっと目を輝かせた。

「じゃあさ、いっそお鍋はやめにして、たこ焼きパーティにしたら？」

「たこ焼き……？」

思わずウメは、アキと顔を見合わせてしまった。

今は夕ご飯の心配をしているのである。おやつならまだしも、食事としてたこ焼きというのはいかがなものか。少なくとも、ウメの頭には夕ご飯をたこ焼きで済ませるという考えはなかった。

だが、馨は何でもないことのように言う。

「だってたこ焼きなら、粉とタコだけあればできるじゃない。あ、あと卵ね」

「キャベツや葱《ねぎ》もいるだろ？」

「……邪道」

ウメの台詞《せりふ》に、馨はさも気に入らないというふうに唇を尖らせた。たこ焼きというのは本来、タコしか入っていないのだと言い切ったあと、ちらっと『八百源』の店頭に目をやる。

「縁日のたこ焼きもいろいろ入ってるもんね。あたしに言わせるとあれは『お好みボール』だけど、食べ応《ごた》えがあることは確かかも。まあ、キャベツとお葱《ねぎ》はあるみたいだし、使いたければ使えばいいんじゃない？」

「『お好みボール』ねえ……それならいっそお好み焼きにするって手も……」

「はんたーい！　あたしはたこ焼きがいい！」

そこでたこ焼きに一票を投じたのはアキだった。お好み焼きよりもたこ焼きのほうが断然楽しいと言い張るのだ。

「馨ちゃんはこれも邪道だって言うかもしれないけど、チーズを入れたり、ウインナーを入れたりできるじゃない！」

「チーズ、ウインナーはギリセーフ！　あー話してたら食べたくなってきちゃった～」

「だよね。たこ焼きって言葉には魔力があるみたい。聞いただけでソースの香りがふわって漂ってくる気がするもん」

「同感、同感。あたしもたこ焼きにしようかなあ……でもひとりでたこ焼きもなあ……」

『ひとりで』という言葉に、アキもウメもきょとんとなった。美音はどうしたのか、と訊《たず》ねてみると、馨は目を弓形にして答える。

「えへへ、実はお姉ちゃん、要さんの部屋の片付けに行ってるんだ。もうね、ぜーったいラブラブ全開でいちゃついてるよ、あのふたり」

「あ、そうなんだ。だったら馨ちゃんもいっしょにどう？　かまわないよね、ウメさん？」

「ほんと!?　いいの!?」

アキも馨も頭の中がたこ焼きでいっぱいになってしまったらしく、必死の形相でウメに訊ねてくる。人数が増えるのはいっこうに構わないが、問題はそこにはなかった。

――やれやれ。これでうちにたこ焼き器がないと知ったら、この子たちはどうする気だろうね。

これだけたこ焼きを推すのだから、馨は家で頻繁《ひんぱん》にたこ焼きを食べているのだろう。それは、亡くなった『ぼったくり』先代夫婦が、風邪でお祭りに行けなくなった娘のために『縁日ごっこ』をやったというエピソードからも明白である。日常的にたこ焼き器を使っていなければ、とても思いつけることではなかった。

けれど、実際問題ウメの家にたこ焼き器はない。がっかりさせるのは気の毒だが、ない袖は振れない。やむなくウメは、盛り上がっているふたりにたこ焼き器がないことを告げることにした。

「ごめんよ。うちにはたこ焼き器はないんだよ」

「え……マジ？」

馨の目が点になった。関西出身の母親を持つ彼女にしてみれば、家にたこ焼き器がないなんて信じられない事態なのだろう。

「ホットプレートは⁉　……確かあるって聞いた気がするんだけど……」

首を傾げながら問う馨に、ウメはクスクス笑って答えた。

「それはシンゾウさんの話だろ？　モモちゃんが赤ちゃんを産みに帰ってくるときに、カノンちゃんに焼いてあげれば？　って話をしてたじゃないか」

「あーそうだった、そうだった！　たこ焼きプレート付きのホットプレートがあるのは、シンゾウさんちだ！」

「ってことで、うちにはないんだよ。今日のところは……」

「だったら、うちから持ってくるよ！　ね、それでいいでしょ？」

「きゃー！　馨ちゃん、最高!!」

アキはぴょんぴょん跳び上がって喜んでいる。成り行きを見守っていたヒロシが、ため息まじりでウメに言った。

「ウメ婆、このふたりはどうあってもたこ焼きらしいぜ。あきらめてミチヤのとこに行ったほうがいい」

うちは八百屋だからタコはねえ、とヒロシは笑う。だが馨は半分に切ったキャベツと小葱《こねぎ》を一束手に取り、ヒロシに差し出した。

「栄養バランスを考えたら、やっぱり野菜が入ったのもあったほうがいいよね。

たこ焼きと一緒に『お好みボール』も作っちゃおう。ってことで、ヒロシさん、これお願い」

「いいとこあるな、馨ちゃん。毎度ありー」

ヒロシは嬉しそうにキャベツと小葱《こねぎ》をレジ袋に入れる。ウメは、はっと我に返り財布を取り出そうとしたが、そのころには馨が支払いを終えていた。

「馨ちゃん、それあたしが……」

「いいの、いいの。あたしは乱入組だから、これぐらい払わせて」

「じゃあ、タコはあたしが買うね！」

そう言うとアキは通りをきょろきょろ見回す。魚屋はあっちだぜ、とヒロシに教えられ、早速そちらに歩き出した。

「じゃ、ウメさん。あたしは家に帰ってたこ焼き器を持ってくるね。あと、足りないものとかある？」

「足りないものって言われても……」

そもそもなにが必要かもわからない。ウメは本当に家でたこ焼きを作ったことがないのだ。さっき馨はタコと粉と卵だけあればと言ったが、『お好みボール』まで作るとなるとそれではすまない気がする。きっとソースや調味料も特別なものがいるだろう。

馨もそれに気付いたのか、食材の有無をひとつひとつ確認し始めた。

しばらく問答を繰り返した結果、ソースは家から馨が持ってくることにして、それ以外に必要なものはタコと卵だけだと判明した。卵は二、三個なら冷蔵庫にあるが、それでは足りないらしい。

「少なくとも一ケースはいるよ。卵は……」

「『加藤精肉店』へどうぞ。ウインナーもあるぜ」

八百屋も魚屋も肉屋も商売繁盛でけっこうなことだ、とヒロシは嬉しそうにしている。

アキはともかく、馨もウメも本当は『八百源』でも卵を売っていることを知っている。それなのにわざわざ肉屋に行けというのは、いかにもヒロシらしい。町内会長としては、商店街の共存共栄を図るべきと思っているのだろう。あるいは、

『ぼったくり』が休みで人と会いづらくなっているウメをみんなに会わせようという作戦か。いずれにしても、嬉しい気遣いだった。

その後、馨はたこ焼き器を取りに、アキとウメは残りの買い物を済ませることにして、右と左に分かれた。

「きゃー！　大変、焦げちゃう！」

アキが悲鳴を上げながら、竹串を振り回す。さっきから焼けたたこ焼きをひっくり返そうと四苦八苦しているのだが、ちっともうまくいかないのだ。

そんなアキを見て、馨はケラケラ笑う。

「簡単そうに見えるけど、やってみるとけっこう大変でしょ？」

「ほんとねえ……。でも馨ちゃんはすごく上手いわね。ちょっと意外。てっきり、家で焼くときは美音さん任せかと思ってたわ」

ところが、感心したようなアキの言葉を、馨はあっさり否定した。

「と思うでしょ？　でも、たこ焼きだけはあたしのほうが上。お姉ちゃんは食べる係なの」

「え、マジ？　美音さんってお料理なら何でもできそうだけど……」

「できないってことじゃないの。ただ、あたしのほうが上手いってだけ。なんといっても大学祭で売るほど焼いたからね！」

「売るほど？　実際に売ったんじゃないのかい？」

「あ、そうでした」

ウメに突っ込まれ、盛大な笑い声を上げたあと、馨は大学祭での八面六臂《はちめんろっぴ》の活躍話を披露した。

ただ『居酒屋の娘』というだけで、料理全般何でもござれだと誤解された馨は、何面も並べられたたこ焼き用鉄板をひとりで受け持つことになってしまった。たこ焼きを出す居酒屋なんて聞いたことはないし、家でも自分は焼いたりしない。けれど、無駄な負けん気の強さとプライドが邪魔をして、できませんとは言えなかった。やむなく、大学祭までに家で散々特訓し、なんとかきれいなたこ焼きが作れるようになった。そして臨んだ大学祭、馨は二日にわたってたこ焼きを作り続け、プロ顔負けの腕前となったのだという。

「へえー……それはそれは。馨ちゃん、頑張ったんだねえ」

「でしょ？　でもおかげでうんざりしてたこ焼きは当分焼きたくないと思っちゃった」

「焼きたくない？　見たくないじゃなくて？」

「だって、焼いてるばっかりで一個も食べてないんだもん。食べたい気持ちだけはマックスのまま残っちゃったんだよ」

ごもっとも、としか言いようのない言葉に、ウメとアキは大いに納得させられた。さらにアキは心配そうに訊《たず》ねる。

「じゃあ、今日も本当は焼きたくないんじゃ……」

「ご心配なく。もうずっと前のことだし、今は平気。あたしの腕前をご覧ください、だよ」

そう言いながら、馨はくるりくるりとたこ焼きを回転させる。白かった粉がキツネ色に変わり、ところどころにタコの赤紫色が覗いている。ウメは、もうそれぐらいでいいから早く食べさせておくれよ、と言いたくてたまらなくなる。それでも、馨はまだ納得せず、器用にたこ焼きを返し続ける。

このあたりのこだわり具合は、さすが美音の妹、とため息が出そうになった。

「はい、できあがり。ウメさん、アキさん、なにをつけて食べる？」

「なにって……たこ焼きならソースだろ？」

「あ、ウメさん。それは狭量ってものよ」

ちっちっちっと、舌を鳴らしながら馨は指をウメの目の前で左右に揺らす。

「狭量？　ずいぶんな言われようだね」

「だって、たこ焼きって意外にオールラウンドプレーヤーなんだよ。なんでもありのすけ」

「なんでもありのすけ、ってなんなのー!」

アキがケタケタ笑い転げる横で、馨は真剣そのものの眼差しで、調味料を並べ始める。

ラベルに『たこ焼き』と大きく書かれたものだけではなく、ウスター、トンカツまで含めた各種ソース、醤油《しょうゆ》、大根下ろし、マヨネーズや塩まで並んでいる。

最後に小鉢に注《つ》がれたのは湯気が上がる出汁《だし》。おそらく関西で明石《あかし》焼きに添えられるものだろう。

アキが出来上がったたこ焼きをまじまじと見ながら言う。

「あーそうか。なんかすごくふわふわしてると思ったら、これって明石焼きなんだ」

「そのとおり。タコと粉と卵だけで作った明石焼き、別名『玉子焼き』だよ」

「へえ、明石焼きかい……」

昔神戸に旅行に行ったときに食べたことがある、とウメは懐かしく思った。まだ若くて食欲旺盛《おうせい》だったせいか、あまり食べた気がしなかった記憶がある。

「えーそう？　いくらほとんどが卵だっていっても、一皿食べればけっこうお腹に溜まるはずだけどなあ……」

首を傾げながら、馨は明石焼きを入れた皿をウメとアキに差し出した。

「とりあえず、お試しあれ」

「いただきまーす！」

早速アキは箸《はし》を取り上げ、これってお箸で食べるものだっけ？　なんてひとしきり笑ったあと、明石焼きをひとつ出汁に浸ける。崩れそうになるのを、おっとっと……と言いつつ口に運び、熱さに悲鳴を上げるところまでがお約束だった。

「うーん……お出汁がすごく美味しい。でも、どこかで食べたことがある味……」

「そりゃそうでしょ。市販の白出汁をお湯で薄めただけだもの」

お姉ちゃんなら、出汁からちゃんと取るんだろうけど、と馨は少々後ろめたそうな顔で言う。

だが、ウメに言わせればあるだけ上等。しかも、たこ焼きを作ろうと決まった時点で明石焼《あかし》きのことなんて考えてもいなかった。おそらく馨は準備の途中でどうせなら明石焼きも作ろうと思い立ち、急遽《きゅうきょ》そこにあった白出汁《だし》でつけ汁を作ったのだろう。見事な機転だと褒《ほ》めてやりたいほどだった。

「たこ焼きと明石焼きとお好みボールとやらが、一度に食べられる機会なんて滅多にないよ。ありがとね、馨ちゃん」

「そう？　ならよかった」

馨は嬉しそうに頷くと、自分の分を食べ始めた。まずは明石焼き、次がたこ焼き、最後にお好みボールね！　と意気込みながら、皿の上の明石焼きにソースをかける。それを見たアキが素《す》っ頓狂《とんきょう》な声を上げた。

「え、ちょっと馨ちゃん！　お出汁につけるんじゃないの⁉」

「お出汁にもつけるよ。でも、あたしはこうするのが好きなんだ～」

言うが早いか、馨はソースをかけた明石焼きを箸《はし》で挟み、どぼんと出汁に沈めた。瞬《また》く間に、たっぷりかけたソースが出汁の中に広がっていく。馨はすぐに明石焼きを掬《すく》い上げ、ぱくりとやった。

「うん。絶妙！　お出汁だけだとなんか頼りないんだよねー」

馨の言葉にウメも、確かに……と思ってしまった。

卵とタコと粉だけの明石焼きを出汁につけて食べるのは、ちょっと茶碗蒸しのようでもある。

だが、この出汁は茶碗蒸しほどしっかりしていないし、具だってタコだけだ。優しい味には違いないが、関東風の濃い味に慣れた舌には少々頼りない。ソースと重ねることで味に深みが出るように思えた。

「馨ちゃん、家でもそんなふうにして食べてるの？　美音さんに怒られない？」

心配そうに訊《き》くアキに、馨は平然と返す。

「大丈夫、これってお姉ちゃんに教わった食べ方だもん。本場でもこうやって食べる人がたくさんいるんだって。ほら、水餃子に直接お醤油《しょうゆ》とかお酢とか入れちゃうのと同じだよ」

馨は、いつだったかウメが『ぼったくり』で披露した、水餃子の食べ方を例にあげて説明する。

地元の人は外の人間が思いもかけない食べ方をする、と言われれば、そのとおりなのかもしれない。

なるほどねえ、と頷きながら、ウメはソースをかけた明石《あかし》焼きを出汁《だし》につけて食べてみた。

出汁のほのかな塩気の中、ソースの酸味が絶妙のアクセントになっている。さらに冷たいソースがほんの少しだけ明石焼きの温度を下げてくれて『あっつー！』ではなく『あつ……』程度で済んだのはありがたかった。

「うん、これはいいね。気に入ったよ」

「あたしもー」

「でしょ？」

ソースと出汁の合わせ技を絶賛されつつ、明石焼きはあっという間に三人の口の中へと消えた。

馨は、じゃあ次はたこ焼きね、とこれまた嬉しそうに粉を混ぜ始める。先ほどよりずいぶん卵が少ないから、しっかりと食べ応《ごた》えのあるたこ焼きになることだろう。

アキがスマートフォンを取り出し、焼けつつあるたこ焼きを写真に撮り始めた。何枚か撮ったあと、今度は右手の親指が忙しく動き始める。きっとSNSに投稿しているのだろう。

今の若い子にとってSNSというのは本当に身近なものなんだねえ……と感心しつつ見ていると、すぐにアキのスマホがポーンと鳴った。

「ちょっと早すぎでしょ……あれ？」

そこでアキは、なぜか戸惑うようにウメの顔を見てくる。どうしたのかと思ったら、リョウからメッセージが来たという。

「あいつも来たいって……」

市場調査会社に勤めているリョウは、土曜日だから休みとは限らない。調査対象が平日働いている人だった場合、週末に調査がおこなわれることがもっぱらだからだ。

そんなこんなで今日もリョウは仕事に出かけ、デートもできないアキはこの町にやってきた。

ところが、思いの外《ほか》仕事が早く終わったリョウがアキに連絡しようとしていたところに、SNSの更新通知が来た。なにかと思って確かめると更新されたのはアキのページで、美味しそうなたこ焼きが映っている。しかも写真の端っこに覗いているのはどこかで見たような姿……。リョウは、その写真でアキがどこにいるのか見抜いてしまったらしい。

「え、でも、あたしもウメさんも写らないように気をつけてくれてたよね？」

驚いて訊《たず》ねる馨に、アキはうー……と唸《うな》り声を上げた。

「ごめん、油断しちゃった。馨ちゃんやウメさんは気をつけてたんだけど、まさかこの子でバレるとは……」

そう言いつつアキが目をやったのは、ウメの側でせっせと毛並みの手入れをしているクロだった。

「尻尾が写り込んじゃってたのよ。で、『これ、クロだろ？』って……。ほんと、目敏《めざと》いったらありゃしない」

「あはは、そりゃ参ったね。いいよ、いいよ。リョウちゃんなら大歓迎」

「ほんとにごめんね、ウメさん。そのかわり、差し入れ買ってこさせるから！」

「そんな殺生なことをお言いでないよ。あの子はいつだってピーピー言ってるんだから」

「華麗な女子会に乱入しようっていうんだから、それぐらいのペナルティは当然よ」

「女子会……」

　そこでウメは絶句し、馨は笑い転げる。確かに女子会だねーと嬉しそうに言いつつ、馨は程よく焦げ目がついたたこ焼きにスプレー缶に入った油を噴きかける。どうやらこれも、家から持ってきたもののひとつらしい。

　馨はたこ焼き器だけではなく、大きな手提げ袋も持ってきた。なにが入っているのかと思ったら、たこ焼きをひっくり返す千枚通しのような器具、溶いた粉を流し入れるための急須のような容器、そしてスプレー缶入りの油……そういえば『浮き粉《うこ》』とかいう特別な粉まで出てきて、唖然《あぜん》とさせられた。千枚通しが一本では足りないと思ったのか、竹串まで入っていたのだからびっくりである。

こうやってたこ焼きひとつにもとことんこだわるのは、やはり親子続いて居酒屋を営《いとな》んでいるからこそだろう。店の外であっても、食に関することは疎《おろそ》かにできないという姿勢が窺《うかが》え、頼もしい限りだった。

「醤油《しょうゆ》もいけるし、塩と鰹節《かつおぶし》もけっこういいよ。あと、大根下ろしとレモンもさっぱり系でおすすめなんだけど……」

「はいはい、大根はあるよ。確かレモンも……」

「やった！　じゃあウメさんお願いしまーす。アキさん、どれにする？」

ずらりと並んだ調味料を前に、馨はアキに選択を迫る。

「大根おろしはあとにして、最初は塩かな？　食べたことないし」

「了解！　じゃあもうちょっとカリカリに仕上げ……」

馨がそう言いかけたとき、玄関の呼び鈴が鳴った。うへえ、とアキが天井を仰ぐ。

「うわ、もう来た！」

「あたしは大根で手一杯だから、アキちゃん出ておくれよ」

「はーい。まったくもう……もうちょっと道に迷うとかすればいいのに」

そんな憎まれ口をききながらも、アキの顔は本当に嬉しそうで、ウメはにやにやしてしまう。

いいねえ、若いものは……と思っていると、アキの呆れた声が聞こえた。

「ちょっとあんた、どんだけ持ってきてるのよ！　信じらんない！」

「えーでも、飲み物は必要だし、せっかくたこ焼き器があるなら……あ、ウメさん、お邪魔しまーす！」

元気よく挨拶しながら入ってきたリョウが持っていたのは、大きなレジ袋だった。しかもふたつもあり、片方には飲み物が満載。もうひとつには、冷凍食品が入っているようだった。

「飲み物でも買っていこうと思って店に入ったら、冷食がけっこう豊富だったんです。で、ついでに買ってきました」

「冷食を？」

「ええ、ブロッコリーとシーフードミックス、ついでにキノコミックス。でもっ

てお ろしニンニクと……」

ひとつひとつ説明しながら最後にリョウが取り出したのは、オリーブオイルの小瓶だった。馨が歓声を上げる。

「まさか、アヒージョ⁉」

「ビンゴでーす！　たこ焼き器で作るアヒージョが流行《はや》ってるそうっす。たこ焼きならタコもあるでしょ？　完璧じゃないっすか」

ウメが聞き慣れない言葉にきょとんとしていると、不本意そのものの顔でアキが説明してくれた。

「『アヒージョ』って具材をニンニクとオリーブオイルで煮込む料理なの。確か、スペイン料理だったかな」

「へえ……ブロッコリーにキノコにシーフードなら栄養バランスも良さそうだね」

「リョウちゃん、女子力高すぎ……」

馨が唖然《あぜん》としてリョウを見たあと、気の毒そうにアキに目を移した。気持ちはウメにもわかる。

アキも料理を頑張っていると聞いたが、たこ焼き器があるからといってアヒージョを作ろうとは思いつかないだろう。しかもたこ焼きだけでは不足しがちな栄養素まできちんと補《おぎな》えそうなメニューである。この分では料理の腕の成長具合は圧倒的にリョウに軍配が上がりそうだ。

「アヒージョはたこ焼きのあとってことで、まずはドリンクをどうぞ。ウメさんは梅味の酎ハイとして、馨さんはどうします？　ビール、酎ハイ、ハイボールなんでもあるっす」

リョウはテーブルに飲み物を並べ、アキと馨の顔を交互に見た。アキはちょっと考えたあと、馨に訊《たず》ねた。

「塩で食べるたこ焼きに合うのってなにかな？」

「ビール」

「ふーん、ビールね。じゃあ、大根おろしは？」

「それもビール」

「ソースは？」

「やっぱりビール」

「やだ、全部ビールじゃない！」

「たこ焼きにはビール。あ、でも酎ハイはギリセーフ」

ウメを気にしたのか、馨はなんとか選択肢をふたつに増やした。さらに、缶をひとつ取り上げて言う。

「これってしょっぱめで、けっこうしっかり梅干しの味がするよ。梅好きのウメさんも気に入るかも」

馨がすすめてくれたのは銀色の缶で、黒地に白抜きの文字で『男梅《おとこうめ》サワー』と書かれているものだった。しょっぱそうな梅干しの写真も入っていて、一目で梅干し味だとわかる。メーカー表示は『サッポロビール』とある。ご存じ大手ビールメーカーではあるが、最近は缶酎ハイにも力を入れているらしい。

「しょっぱいのかい？　缶入りの酎ハイは全部甘いと思ってたけど……」

「近頃は甘くないのも出てきたみたいだよ。女性にだって甘いのが苦手な人もいるし、缶入りなら手軽に呑めて嬉しいよね。あ、でもこれはまったく甘くないってわけじゃなくて、甘さとしょっぱさがすごくいいバランスなの」

「ふーん……『ぼったくり』がお休みの間は、こういうのにお世話になるのもいいかもねえ」

ウメは『ぼったくり』で使っている、塩だけで漬けた梅干しを気に入っている。店で売られている梅干しは甘みが入っているものが多く、梅割りにすると甘さがちょっと鼻についてしまう。だからこそ、ウメは梅割りを呑むなら『ぼったくり』で、と決めているのだ。

けれど、頼みの『ぼったくり』はお休み中、その間、まったく呑まないというのも寂しい話である。それならいっそ、こういう缶入りの酎ハイを試してみるのも面白いかもしれない。

「ウメさんは『梅割り』は甘くないほうがいいだけで、別に甘いお酒が嫌いなわけじゃないよね？　だったら、ちょっと試してみたら？」

「そうだね。先だって、カップ入りの日本酒もなかなかいけるって聞いたし、この機会に挑戦してみようかね」

そう言うとウメは缶のプルタブを引き、真剣な面持《おもも》ちでグラスに移す。半分ぐらいまで注《つ》いで早速口に運んでみた。

「ああ、これはいいね。ほんのり甘いから、逆に梅のしょっぱさが引き立つ。さっぱりしてて、お風呂上がりにもいいかもしれない。たぶん、たこ焼きにも合うよ」

「そのとおり。とはいっても、あたしはたこ焼きにはビールって決めてるけどね！」

そして馨は、テーブルに並んだ缶のうちから一本を取りあげた。

「これこれ、これ美味しいんだよねー」

馨の手にあるのは、黄色がかった銀色に紺で『Ｏｒｉｏｎ』と書かれた缶だった。その銘柄《めいがら》ならウメも知っている。爽やかな飲み口が人気の沖縄のビールだ。もう二十年ほど前になるが、旅行で訪れたときに呑んだ覚えがあった。

「前は沖縄に行かないと呑めなかったらしいけど、製造元のオリオンビール株式会社がアサヒビールと提携してからわりと簡単に買えるようになったんだよ。あたし、このほんのりした甘みが大好きなんだ。たこ焼きについてはいろいろ揃えてきたけれど、飲み物にまで気が回らなかったよ。しかもオリオン入ってるし！」

「いや、馨さんがいるってわかってたから、普段店で出してないようなのも入れとこうかなって」

「ありがと、リョウちゃん！　さすがは消費者の気持ちを追っかける会社の人だよ！」

『オリオンビール』を呑めるのがよほど嬉しいのか、馨はリョウを褒《ほ》め称えた。

「熱々のたこ焼きに冷たいビール。絶妙な組み合わせだけど、ウメさんちの冷蔵庫にビールがいっぱい入ってるとは思えなかったし、万が一被っても缶入りなら大丈夫かなーって」

とにかく頭がビールでいっぱいになり、駅前のディスカウント酒屋で片っ端から買ってしまったそうだ。

「だからってなにもこんなに……」

ずらりと並んだ缶飲料に呆れつつ、アキもビールに手を伸ばした。そのまま缶を開けて呑もうとするのを見て、ウメは慌てて立ち上がる。

「ちょいとお待ち。今、コップを出すよ」

「いいっす、いいっす、このままで」

リョウはウメの言葉などお構いなしだった。アキも同様、馨まで、ここはお店じゃないんだから、直飲み上等！　とビールをグビグビやり始める。

ふと部屋の隅に目をやったウメは、そこに積んである箱を認めてため息を漏らした。せめて思い出の品じゃないものぐらい処分しなければ、と押し入れから出しておいたものだ。その中にはガラスコップのセットもいくつか入っている。つい、こんな機会でもないとコップのセットなど使わないだろうに、と思ってしまったのだ。

「コップなんて売るほどあるんだけどねえ……」

その言葉で、三人が一斉に積み上げられた贈答品の箱を見た。部屋の隅にきちんと揃えて積んであったため、気にも留めていなかったようだ。

「なんすか、あれ？」

「世間じゃ『断捨離《だんしゃり》』が大流行してるだろ？　あたしも見習わなきゃと思って、押し入れの掃除をしたらたくさん出てきてね」

「それでウメさん、背中を痛めちゃったのね。だめだよ、無理しちゃ……。『断捨離』は悪いことじゃないけど、それで身体を痛めちゃ元も子もないじゃない」

アキがいたわりたっぷりの言葉をかけてくれる一方で、馨は立ち上がって箱の山に近づいていく。そして、小さく書かれたブランド名らしき横文字を見て騒ぎ始めた。

「うわ……このグラス、ブランド物だよ⁉　あ、こっちのタオルも！」

馨はまるでテレビのコマーシャルのようにブランド名を連呼する。それを聞いたアキも驚いてウメに詰め寄ってくる。

「ウメさん、どうしてこれ、使わないの？　もったいないよ」

「やっぱりいいものなんだね。そうじゃないかと思ったんだけど……」

「グラスはともかく、タオルぐらい使えばいいじゃないっすか。これって、タオルの『欲しいブランドトップ３』とかに絶対入ってくるやつです。ふわふわですごく気持ちいいって評判っす」

リョウはいかにも市場調査会社勤務と言わんばかりの発言をする。三方から、もったいないを連呼され、ウメはすっかり困ってしまった。

「そうはいっても、普段使いにブランドタオルなんてそれこそもったいなくてね。タオルは銀行やら郵便局でけっこうもらえるし、そのほうが薄くて扱いやすいんだよ」

年を取ると手の力も弱くなる。お風呂で使うにも、厚手のタオルは絞りきれなくて難儀するのだ。だからついつい景品でもらうようなタオルを使う。絞る必要のないバスタオルであっても、洗濯して水を吸うと重くなる。大判でふわふわなタオルであればあるほど、干すときに負担になってしまうのだ。

「もっと若いときにどんどん使っておけばよかったんだろうけど、若いときはそれこそ宝物みたいに思えてね」

「あーそれわかるっす。自分じゃ絶対買えないだろうなーって思ったら、なかなか踏ん切りがつかないっすよね」

「確かに……。あたしも、たまーにいいタオルをもらっても、これは旅行のときに持っていこう、とか思ってしまい込んじゃう。で、いざ旅行となったら、鞄が

ぱんぱんで入らなくて薄いタオルの登場、結局ブランドタオルはお留守番、って
ことになるのよね」
「それは、荷物が多すぎるだけっす。絶対使わないようなものまで詰め込んでる
んじゃないっすか？」
「うるさいわねー。女性はいろいろ大変なの。あんたみたいに財布と携帯だけあ
ればOK、みたいなやつと一緒にしないで。あ、財布も怪しいわね。どうせ中身
空っぽだし」
「うがーーー!!」
「まあ、そのあたりにして、もし欲しいものがあれば持ってお行きよ。馨ちゃん
もね」
　放っておいたらいつまでもじゃれ合っていそうなふたりを止め、ウメは三人に
『在庫減らし』への協力を頼んでみた。ソウタ一家に持っていこうと思っていた
けれど、彼らだけでは使い切れないかもしれない。引き取り手は多いほうがいい
と考えたからだ。

ところが馨は即座に断り、ウメが思いもかけなかった提案をした。

「それよりリサイクルショップに持っていくほうがいいんじゃない？」

「『断捨離《だんしゃり》』ついでにお小遣い稼ぎ、とかよく聞くもんね。グラスだってちゃんと揃いで箱も残ってるし、案外いいお値段がつくかも……。あ、今ならオークションサイトって手もあるわ」

これだけの量があれば、けっこうな額になるのではないか、とアキも言う。けれど、ウメはリサイクルショップやオークションサイトを利用する気にはなれなかった。これらはすべて、相手がウメのために選んでくれた品なのだ。お祝いや香典の返しで十把一絡《じっぱひとから》げであったにしても、多少は思いがこもっているに違いない。少なくともウメはそう信じている。リサイクルショップが不用品の買い取りをしていることは小耳に挟んでいたけれど、ウメ自身は贈り物をお金に換えてしまうことに抵抗を覚えていた。だからこそ、場所ふさぎを承知でいつまでも押し入れの中にしまっていたのだ。

「あんたたち若い人には、こんな気持ちは理解しがたいかもしれないけどねえ……」

これぱっかりは気持ちの問題だから、と説明するウメに、三人は意外にすんなり頷いた。

「すごくウメさんらしいと思う。っていうか、うちのお姉ちゃんあたりも同じことを言いそう」

「あ、わかる。美音さんならきっと言うわ。でも、実際問題困ったわね……」

馨とアキは箱の山を見て考え込む。そこで、口を開いたのはリョウだった。

「学校に寄付しちゃうってのはどうっすか？」

「学校？　学校はタオルとかコップなんていらないだろ」

「いや、学校が使うんじゃなくて……」

「わかった！　バザーだ！」

「馨さん、ビンゴっす！」

リョウと馨はハイタッチで喜び、アキもなるほど、と合点がいった様子。ウメだけが蚊帳《かや》の外だった。

「どういうことだい？」

「ごめんなさい、ウメさん。文化祭とかの、保護者や近所の人が自由に参加できる行事のときに、バザーをやる学校があるんだよ。バザーに出すものは、たいてい生徒の家からかき集めるんだけど、近所の人が寄付できることもあるみたい。そういう学校を探して、持っていったらどうかな？」

「そういえば、ソウタのころにもあったね……」

「でしょ？　頂き物をお金に換えちゃうことに変わりはないけど、売上はその学校の活動費とかになるから子どもたちのためになるし」

「そうか……じゃあ、孫たちの学校に持っていくのがいいかも」

「それがいいよ。とはいっても、バザーをやる時期じゃないと無理だけど」

「それはカナコにでも確認するよ」

息子の嫁であるカナコは子どもたちが幼稚園のころから、ＰＴＡの役員を引き受けることが多かった。

専業主婦で時間が自由になりやすいという理由もあるが、なによりカナコは人と交わることが好きだし、面倒見もいい。嫌々なら気の毒だが、楽しそうに活動しているからなによりだ。

「カナコにうちに山ほどバザーに出せるものがあるから、って言っておくことにするよ」

「それがいいっす。ってことで、一件落着。さ、食いましょー！」

「あ、こらリョウ、独り占めするんじゃないわよ！」

「わかってるっす。あーでも、楽しいなあ……『ぼったくり』が休みだから、みんなとこんなふうに呑めることなんてないと思ってたけど、超ラッキー！」

「ほんとよね。ウメさん、ありがとう！」

「それはなにかい？　あたしが背中を痛めたのが良かったってことかい？」

「やだ、そんなこと言ってないでしょ！」

「わかってるよ。でも、『ぼったくり』が休んでる間、たまにはこうやってみんなに集まってもらうってのもいいね。そしたらあたしも寂しくないし」

「え、マジっすか⁉」

リョウがこれ以上はないというぐらい嬉しそうな顔をした。もちろん、アキや馨も同様だ。

ここにいるのは皆『ぼったくり』に足繁く通う人たちだ。馨に至っては店員だし、普通なら店が休みの間に客と交わりたくなどないだろう。にもかかわらず、ウメの提案をこんなに喜んでくれる。

それはきっと『ぼったくり』という店が、ただの居酒屋の範疇《はんちゅう》を超え、客や店員の心のよりどころとなっている証《あかし》だろう。だからこそ長期休業で寂しくなって、なんとかして店の外で会えないかと画策する。

本当は美音にも、美音が作る料理にも会いたい。今日は無理でも次の機会は、馨と一緒に美音にも来てほしいというのが皆の本音だろう。それでも、彼らが美音に声をかけることはない。

なぜなら、彼女は今結婚を控えて大忙しの身だ。呼べばきっと、無理をしても駆けつけてくるに違いない。だがそれでは、美音の邪魔にしかならない。アキやリョウには、それがちゃんとわかっているのだ。おまけに、古株の常連さながらにウメの不用品の処理方法まで考えてくれるなんて、頼もしい限りだった。

――本当にいい子たちだよ。いい店にはいい客が付くってのの見本だね。

旺盛《おうせい》な食欲を示す三人をにこにこしながら見守っていると、馨が声をかけてきた。

「ウメさん、頑張って食べないと、リョウちゃんにみんな食べられちゃうよ」

――あたしは、みんなの温かさでお腹がいっぱいだよ……

本当はそう言いたかった。けれど、それはあまりに無粋な気がして、ウメは鉄板からひとつお好みボールを取る。馨は邪道扱いするけれど、いろいろな具が入ってまん丸に焼き上がったお好みボールは、なんだか『ぼったくり』という店に似ている。

このお好みボールにはどんな調味料が合うのだろう。きっと、ソースでも醤油《しょうゆ》でも、たとえケチャップやマヨネーズであっても懐《ふところ》深く受け入れてくれるに違いない。それこそ『ぼったくり』のように……

ウメがそんなことを考えている間も、若者たちは旺盛な食欲を示し、やがて鉄

板の上は空になった。次をどうするか協議の末、とりあえずたこ焼きシリーズは小休止、リョウのおすすめであるアヒージョを作ることに決まる。
作るとはいっても、タコはたこ焼き用に大きく切ったものがあるし、あとはコンビニから買ってきたシーフードミックスの袋を開けるだけ。シメジですら、リョウが買ってきたのは既にばらばらにされて袋詰めされたものだった。シーフードミックスは冷凍物だったけれど、買ってから時間が経っていたせいで、程よく解凍されている。あとは鉄板でおろしニンニクと塩を入れたオリーブオイル、食材を入れて熱するだけでアヒージョは完成するらしい。

「ウメさん、そろそろいい感じっす。食ってみてください」

「熱いから気をつけて」

「あ、お酒のおかわり注《つ》いでおこうね！」

リョウ、アキ、馨に次々声をかけられながら、ウメは鉄板からエビをひとつ皿に取る。

鮮やかなオレンジ色が目に優しく、口に入れるとオリーブオイルとニンニク、そしてエビ本来のほのかな甘みが広がっていく。

明石《あかし》焼きやお好みボールでお腹はいっぱいになっていたはずなのに、エビの次はタコ、その次はイカ……と箸《はし》が止まらなくなる。

出来たて熱々の料理とそれにぴったりの飲み物、そして途切れなく続いていく楽しい会話――どれも食欲を刺激するものばかりだ。

ウメが、こんな出会いをくれた『ぼったくり』に再び感謝を捧げる中、賑やかで心地よい夜が過ぎていった。

タコの見分け方

タコのオスとメスの見分け方をご存じですか？　答えは簡単、ただ吸盤を見るだけでいいのです。吸盤の大きさも並び方もばらばらなのがオス、同じような大きさで整然と並んでいるのがメスです。一般的に、タコのオスは身が締まっていて硬い、メスは柔らかくて食べやすいと言われていますが、歯ごたえのあるタコが好きな方もいらっしゃるでしょう。お求めの際は吸盤を見てお選びください。とはいえ、柔らかいメスのタコも産卵期は例外、痩せて硬くなってしまうとのこと。スーパーでよく見かけるマダコの産卵期は初夏から九月だそうですので、お気をつけください。

サッポロ　男梅サワー

サッポロビール株式会社

〒150-8522
東京都渋谷区恵比寿四丁目20番1号
（恵比寿ガーデンプレイス内）
TEL：0120-207800
URL：http://www.sapporobeer.jp/

オリオンドラフトビール

オリオンビール株式会社

〒901-2551
沖縄県浦添市字城間1985-1
TEL：098-877-4511
FAX：098-877-2600
URL：https://www.orionbeer.co.jp/

我が家のすき焼き

すき焼き

コロッケ

牛丼

『ぼったくり』が休業に入ってから、馨の起床時間はかなりルーズになっている。

インターネットゲームで夜更かしし、目覚めたときには日が高くなっていることもざらで、その度に美音に叱られたりする。馨にしてみれば、店を開ける必要もないのに、それまでと同じ時間に寝起きしている姉のほうがおかしい。もしかしたら夜更かしとか朝寝とかができなくなっているのかもしれない。だとしたら、それは老化現象のひとつなのでは？　と疑いたくなるほどだ。もっとも、そんなことを言ったらさらに叱られることはわかっているから、厳重に『口にチャック』をしているけれど……

ともあれ、今日もそんな調子で短い午前中を過ごし、午後になって出かけようとした馨は、裏庭に回って思わず声を上げた。

「なーい!!」

雨が降っている場合を除いて、どこに出かけるにも馨の足になってくれる愛用の自転車がそこになかった。

どうしてないんだろう……と首を傾げたあと、馨は手の中に自転車の鍵がないことに気付いた。

自転車の鍵置き場は決まっている。下駄箱の上に置いてある、手の平サイズの籐《とう》製の籠の中だ。帰宅したときはそこに鍵を放り込み、出かけるときは持って出ることにしている。そしてそれは馨にとって、ほとんど無意識に近い動作なのだ。鍵を持っていないということは、そもそも籠の中に鍵がなかったのではないか――

慌てて玄関に戻って確かめてみると、案の定、籠は空っぽ。要するに昨日帰宅したときに、鍵をかけ忘れたということになる。しかも、改めて思い返してみると、いつもなら裏庭に入れる自転車を昨夜に限って玄関先に置きっ放しにした記憶まである。

通りに面した玄関先に、鍵もかけずに自転車を放置したら、そのまま乗っていかれても仕方がない。悲しいことではあるが、今はそういうご時世なのだ。

いくら防犯登録が義務化されたとはいえ、大半の自転車泥棒の目的は自分の足代わり。乗っていって、目的地近くで乗り捨てるだけだろうから、抑止効果はなかなか上がらないのではないかと馨は思っていた。

いずれにしても、今現在自転車がない理由は、鍵をかけ忘れて盗難にあったから、としか思えなかった。

「お姉ちゃんがいないって、こういうことなんだな……」

馨は、誰にともなく呟《つぶや》く。

普段なら、最後に家に帰ってくるのは美音だ。たとえ馨が、自転車を玄関先に放置していたとしても、きちんと裏庭に入れ、鍵をかけてくれたはずだ。もちろん、文句のひとつ、ふたつは言われるだろうけれど、自転車を盗《と》られる羽目には陥《おちい》らなかっただろう。現に、これまでも何度か、「なんで、自転車ぐらいちゃんとしまえないの！」と怒りながら、家に入ってきたことがある。だからこそ、こんな物騒な世の中にもかかわらず、これまで馨の愛車は無事だったのである。

ところが今は頼りの美音は不在がち。なぜかといえば、要にマンションの片付けを手伝ってほしいと頼まれ、ちょくちょく駆り出されているからだ。しかも、出かけるたびに、本人から『またしても、拉致られました』なんて、穏やかではないメッセージが届く。

『拉致』とはいっても、本人の意思に反してとは思えない。どうせ『ぼったくり』が休業中なのをいいことに、ふたりで『同棲ごっこ』でもやっているのだろう。仲むつまじくてけっこうなことだと思うし、馨にしてもひとり暮らしの予行練習にうってつけだと考えていたのだが……

あっという間にこの体たらく。馨は不甲斐なさに、がっくりと項垂《うなだ》れてしまった。けれど、どんなに項垂れても後の祭り。馨は、とにかく盗難届を出さなければ、ということで、交番に出かけることにした。

「おや馨ちゃん、こんにちは」

肩を落として交番に入った馨を迎えてくれたのは、長井《ながい》さんの柔らかい笑顔だった。

商店街と馨たちの家の中間地点ぐらいにある交番には、ふたりの巡査がいて、年上が長井さん、若いほうが田所《たどころ》さんである。とりあえず「こんにちは」と挨拶を返し、馨はさっそく用件を告げた。

「自転車を盗られちゃったみたいなの。それで届けを出さなきゃと思って……」

長井さんは、しょぼくれている馨に軽く目を見張ったあと、折りたたみ椅子を広げ、まあお座り、と勧めてくれた。

「それは災難だったね。でも、珍しいね、今日はひとりなんだ」

長井さんは、いつもならお姉ちゃんと一緒だよね、と言う。それもそのはず、これまで交番に用があるときは、たいてい美音がついてきてくれたのだ。もっとも、最後に交番に来たのは財布を落としたときで、たしか中学生ぐらいだった。

今はもう立派な大人なのだから、当然ひとりで来るよ、と言いたいところだが、やはり近隣の人たちにとっては、この子はいつもお姉ちゃんに世話を焼かれている、という印象なのだろう。

「お姉ちゃん、今ちょっと出かけてて……」

「それはそれは。まあ、結婚式も近いし、いろいろ忙しいんだろうね。それにしても、用心深い馨ちゃんたちがそんな日に遭《あ》うなんて……」

「用心深いのはお姉ちゃんだけなの。あたしはぜんぜん……」

出かけるときに、家の鍵をかけ忘れることなど日常茶飯事《さはんじ》。既に美音は出かけたあとだというのに、なにも考えずに家を出て、慌てて引き返したことが何度もあった。というか、今でも時々あるぐらいだ。窓の鍵も確認したことがないし、うっかり美音が締め忘れた日には、空き巣に入られるかもしれない。美音が何度も確認してから出かけるからこれまで無事に済んできたが、美音がいなくなったら開けっ放しの窓がいくつも出てくるだろう。

考えれば考えるほど、ひとり暮らしの不安が募《つの》ってくる。

思わず、大丈夫かなあたし……とこぼす馨に、長井さんは励ますように言ってくれる。

「馨ちゃんもいろいろ不安だろうけど、ひとり暮らしを始めるときは誰だって同じ。みんな手探りだよ」

「うん。自分で頑張るしかないんだよね。でもまあ、あたしは別に引っ越して環境が変わるわけでもないし、今までどおりやっていくつもり」

「自分でできることは自分で、無理なことは周りにも助けてもらいながら、だね。もちろん、僕たちも応援するよ。不安なことがあったらいつでも相談に来てね」

「ありがとうございます」

「えーっとそれで、自転車はどこに置いてたの？」

長井さんは励ましを込めた言葉を挟みながら、盗難届の空欄を一ヶ所一ヶ所埋めていく。

いかにも交番勤めの警察官らしく親しげで、詰問《きつもん》口調にも事務的な口調にもなったりしない。おかげで馨は、落ち着いて状況を説明することができた。

「はい、おしまい。じゃあここに名前を書いてください。自転車が見つかったら連絡が行くはずだからしばらく待ってみてね」

そう言ったあと、長井さんは、見つかればいいけどなあ……と祈るような調子で言う。盗《と》られた自転車の発見率がどれぐらいなのか馨は知らないが、長井さんがこんな顔をするのだから相当低いのだろう。見つかることはあるのか、という馨の問いかけに、長井さんはさらに困った顔になった。

「まったくないとは言い切れないけど、望み薄と思ってもらったほうがいいかな……」

そもそもどこかに売り払うとか、自分がずっと乗るために自転車を盗るとかいう人よりも、歩いている途中でうんざりして、目についた自転車に乗っていってしまう場合のほうが多い。それは、先ほど馨も考えたことだったが、それに加えて長井さんは、駅から離れたこの町ではその傾向が特に強いようだ、と言う。

さらに放置自転車というのは、持ち主がそこに停めたのか、窃盗《せっとう》に遭《あ》った末に犯人が放置したものかが見分けにくい。見つけた人が通報しても、持ち主に迷惑がられる場合もあるし、なにより他人の自転車ごときで面倒なことに巻き込まれたくない、と思ってしまう。そんなこんなで、盗《と》られた自転車が持ち主のところに戻る確率はとても低いのだそうだ。

「もういらなくなった自転車を、処分料惜しさにそこらに捨ててく持ち主もいるんだよ。もうね、なにがなんだか……」

本当に困ったことだ、と長井さんは首を左右に振りながら言った。

「そういえば、自転車を捨てるのにもお金がかかるんだった……」

自転車の処分は粗大ゴミ扱いとなり、相応の料金がかかる。収集に来てもらうための手続きも必要だ。昨今、手続きがインターネットでできるようになってずいぶん簡略化したとはいえ、面倒に感じる人も多いだろう。

なにより、いくらそういう時代だと言われても、ものを捨てるのにお金がかかるなんて、と恨めしく思う気持ちは馨にも十分理解できる。これは、不法投棄を認めるとか認めないとか以前の、純粋に心情に関わる問題だけに、解決は難しいだろう。

新しい自転車を買うかわりに、サービスで引き取ってくれる販売店もあるらしいけれど、そもそも何らかの支障があるからこその買い換えである。壊れたり小さくなったりした自転車を運んでいくのは骨の折れることに違いない。

「盗られたものか、たまたまそこに停めただけなのか、それとも不法投棄なのか、か……。そんなの一目で見分けられるわけないし、わざわざ通報なんてしないよね」

「そういうこと。まあ、そんなわけだから、あんまり期待しないで待ってて、としか言えないんだ」

長井さんは申し訳なさそうに言いつつ、馨が署名した書類に、判子をぽんぽんと押して、控えを渡してくれた。

「じゃあこれ。自転車が出てきたときに必要だから、なくさないようにしてね」

「はーい」

さてこれで用事は済んだ、と椅子から立ち上がった馨は、外に出ようと踵《きびす》を返したところで、入り口の前に立っている人影に気付いた。しかもそれは、馨がよく知っている人物だった。

「あれ、直也《なおや》くん？」

馨はもともと子ども好きで、美音よりもずっと近隣の子どもをよく知っている。特に直也は、孝行娘と評判の早紀の弟で、『ぼったくり』裏のアパートに住んでいるし、以前貸してあげた魔法使いの少年が活躍するファンタジー小説を返しに来たばかりだから記憶に新しいのだ。

「お、直ちゃんか。今日は若いお客さんばっかりだな」

馨の声で首を伸ばして外を見た長井さんは、さっと立ち上がって直也に近付いていく。

はたして、交番に来る人は『お客さん』なのだろうか、と馨が悩んでいる間に、長井さんは直也の前にしゃがみ込み、目の高さを合わせた。

「どうした？　なにか困りごと？」

直也は、自然と視界に入ってきた長井さんの制服に興味を覚えたらしく、階級章や警笛を吊す紐、金色のボタンなどに見入っている。しばらくそうしていたかと思うと、はっとしたように右手を差し出した。直也の手の中にあったのは、一枚の五十円玉だった。

「お金だね。もしかして、拾って届けに来てくれたの？」

「うん……」

「そうか、それはありがとう」

長井さんは、直也の頭をぐりぐりと撫でて褒《ほ》めたあと、ちょっとだけ聞かせてほしいから、と直也を交番の中に誘った。

馨は慌てて、さっきまで座っていた椅子に直也を導く。そして、このまま帰ってもいいんだけど……と思いつつ、なんとなく直也の様子が気になって、成り行きを見守ることにした。

長井さんは馨のときとは違う用紙を取り出し、机の前に座る。これはおそらく盗難届ではなく、なにかを拾ったときのための用紙だろう。

相手が警官だからか、それとも交番という場所自体に慣れないためか、直也はやけにおどおどしている様子だ。長井さんは、そんな直也を安心させるような優しい声で訊《たず》ねる。

「どこで拾ったか言える？」

「公園。いつもの」

「いつもの……ああ、はいはい、わかるわかる」

大きな冊子になった住宅地図を広げ、長井さんは『いつもの』公園を探す。どうやら直也の言う公園は、町内会がせっせと掃除しているあの小さな公園らしかった。

「あったあった。ここが直ちゃんの家で、ここがこのお姉ちゃんのお店、で、ここが公園。この公園で間違いないよね？」

ひとつひとつ場所を示しながら確かめる長井さんに、直也はこっくり頷いた。

「うん、そこ」

「よしよし。じゃあ、住所は……」

地図から町名と番地を読み取り、書類に住所を書き込んだあと、長井さんは目を上げてまた直也に訊ねる。

「それで、拾ったのはいつ？　今さっきかな？」

「うん……。でも、えっと……あの……」

一度は頷きながら、口ごもり、はっきりしない様子の直也に、長井さんは穏やかな笑顔で話しかける。

「拾ったからってすぐに届けに来なくてもいいんだよ。そりゃあ、落とした人は困ってるだろうから早いほうがいいのはいいんだけど、拾った人にだって事情ってものがあるからね。それよりも困るのは、拾った時間や場所が本当と違っちゃうことなんだ」

今日落としたものが明日拾われることはあるけれど、その逆はあり得ない。今日五十円玉を落とした人がいたとしても、拾われたのが昨日だとしたら、それはその人のものじゃないということになる。そういう意味で、拾った時間というのはけっこう大事なのだ、と長井さんは説明した。

長井さんの話に納得したのか、直也は意を決したように口を開いた。

「ごめんなさい。ほんとは昨日拾ったんだ」

公園の砂場で穴を掘って遊んでいたら、その中から五十円玉が出てきた。あ、お金だ……と思ったけれど、まだ遊びたかったし、あとで届けようと思ってポケットに入れたら、そのまま忘れてしまった。家に帰ってしばらくして思い出したが、もう夜だったから……と直也は、後ろめたそうに言った。

「なるほど、そういうことか。じゃ、拾ったのは昨日だね。何時ごろか覚えてる？」

「学校から帰って、すぐ遊びに行ったから……」

「こらこら、宿題は後回しか？　ま、ちゃんとやったならいいけどね。僕だって、玄関にランドセルを放り出してそのまま遊びに行ってたクチだし、直ちゃんにお説教なんてできない」

そこで初めて直也は、えへへ……と笑った。気さくな長井さんトークで少し打ち解けてきたのだろう。

「学校から帰ってすぐってことは三時から五時ぐらいの間だね」

「うん、それぐらい。遊び始めてからしばらく経ってたから、たぶん四時ごろ」

「了解。拾得場所、いつもの公園。拾得日時、昨日の十六時ごろ、拾得者直ちゃん、と……」

長井さんは、直也に確かめつつ書類に記入し、最後にひとつだけ馨のときとは違う質問をいれた。

「で、これ、三ヶ月経っても落とした人が出てこなかったら、直ちゃんのものになるんだけど、連絡してもいいかな？」

ところが、それを訊《き》いたとたん、直也はびくっと肩を震わせた。

「いらない！　僕、そんなのいらない！」

それきり直也は拳を握りしめ、椅子の上で固まってしまった。

正直に言って、直也の家は裕福とは言えない。姉である早紀の懐《ふところ》具合はあの丑《うし》の日に鰻《うなぎ》の処分品を買いたくてスーパーに日参していたことからもわかっているし、きっと直也も同様で、たとえ五十円といえども欲しくないはずがない。

もしかしたら直也は、『落とした人が出てこなかったら、直ちゃんのものになる』という意味がわからなかったのかもしれない。馨は気になって、つい口を挟んでしまった。

「直ちゃん、本当に落とした人が出てこなければ、もらっちゃっていいんだよ。法律でそう決まってるの」

「でもいらない！」

直也は頑《かたく》なに首を横に振り続けた。それを見た長井さんは、小さなため息をひとつついたあと、権利放棄の欄にチェックを入れ、直也に署名させた。

「じゃ、これでおしまい、ご苦労さん。あ、そうだ……」

きちんと折りたたんだ控えの紙を直也に渡し、長井さんはポケットから財布を取り出した。

「これは、ちゃんと届けに来てくれたご褒美」

そう言うと、長井さんは直也の手の平に一枚の五十円玉を載せた。

「でも……」

直也は、手の平の上の五十円玉に怯えたような目を向ける。まるで五十円玉が燃え上がり、火傷《やけど》でもするのではないかと心配しているような様子だった。

長井さんはにこにこしながら言う。

「ほんとうにありがとう。またなにか拾ったら届けに来てね」

「あの、僕……」

――プルルル、プルルル……

直也がなにかを言おうとしたとき、電話の着信音が鳴り響いた。

長井さんは受話器を取り上げ、すぐさまボールペンを手にする。メモ用紙になにかを書き付け始めた様子を見て、馨は交番の外に出た。用件は終わっているし、このままここにいても邪魔になるばかりだろう。

長井さんは一瞬目を上げ、ボールペンを握ったまま手を振ってくれた。そしてまた、俯《うつむ》いてメモを取り始める。直也は五十円玉を握りしめ、未練たっぷりの顔で長井さんを見ていたが、電話は終わりそうにない。とうとう諦めたのか、直也も出てきて馨の横に並んだ。

「一緒に帰ろうか」

『ぼったくり』は休業中だから、店に行く必要はない。それでもひとりで帰らせるのが忍びなくて、馨は直也を送っていくことにした。

直也は大人しく歩きはじめたものの、見るからに元気がない。あまりにも訳がわからず、とうとう馨は正面切って訊《たず》ねてみることにした。

「直ちゃん、さっきなにか言いたそうだったけど、長井さんに伝えたいことでもあったの？」

言うべきか、言わざるべきか、それが問題だ――

そんなためらいがちの表情がたっぷり一分半続いたあと、直也はようやく口を開いた。おそらく、心の重荷を馨に託すことにしたのだろう。このお姉さんは、魔法使いの少年の本を揃いで貸してくれた。この人ならきっと、自分の悩みも魔法みたいに解決してくれると信じて……

「あれね、本当は拾ったお金じゃないんだ」

「え？　どういうこと？」

まさか誰かから取り上げた？　もしくは、お母さんかお父さんの財布からこっそり……？

一瞬そんな想像をしたものの、馨は即座に自分の考えを否定した。姉弟でお小遣いを出し合って、両親に鰻《うなぎ》を用意するような子が、そんなことをするはずがない。その証拠に、次に直也の口から出てきたのは「拾ったんじゃなくて、僕のお小遣いなんだ」という言葉だった。

きょとんとする馨に、直也は更に説明を加える。

「交番に届けたのは僕の五十円玉。昨日拾った分は、もう使っちゃったの……」

「え？」

「遊んだ帰りに、コンビニで……」

家に帰る途中、コンビニの前を通りかかった。遊び疲れてお腹はぺこぺこ、でも我慢して家に帰るしかない、と思ったとき、ポケットの中の五十円玉を思い出してしまった。

五十円あれば、棒状のスナック菓子や鰻の味に似せた駄菓子を買うことができる。使ってはいけないとわかっていたのに、ついふらふらとコンビニに入り、気がついたときには駄菓子をいくつか買ってしまっていた。隠すようにポケットに突っ込み、家に帰ったところ、姉はまだ帰宅しておらず、誰に見つかることもなくお菓子を食べ終えた。

「でも、でもね……」

「美味しくなかったんでしょ？」

馨の言葉に、直也は大きく頷いた。

「自分のものじゃないお金で買ったお菓子が、美味しいわけないもんね」

「お腹、すごく空《す》いてたのに……」

「うん。そのうえ、あとでとっても嫌な気持ちになったでしょ？」

「お姉ちゃん、どうしてわかるの？」

「お姉ちゃんもやったことあるから。公園の砂場って、けっこうお金が落ちてるんだよね。で、あたしも拾って、そのまま……」

馨の衝撃の告白に、直也は絶句している。呆れたのか、ただ驚いたのかはわからなかったけれど、心なしかほっとしたようにも見えた。馨は、言い訳にすぎない言葉を連ねる。それが直也の心を軽くしてくれるなら、と思ってのことだった。

「あたしだって、悪いことだってわかってた。でも、つい魔が差しちゃったんだよ。それに、五十円や百円を届けたって、お巡りさんにしてみれば面倒くさいだけでしょ。あーんなに書くとこがいっぱいある書類を作って、でもたぶん、落とし主なんて出てこない。その上……」

この町の交番のお巡りさんたちは、代々子ども好きでいい人ばっかりだ。子どもが届け物をしに行ったら、十中八九『ご褒美』をくれる。それも自分のお財布から出して。

「届けないほうが仕事が増えなくていい。お金も出さずにすむ、って思っちゃったんだよ」

「それでどうなったの？」

「本当はずっと黙ってようと思ってた。でも、お菓子はちっとも美味しくないし、気持ちはどんどん暗くなるし……堪《たま》りかねてお母さんに話しちゃった。そしたら、ひどい目に遭《あ》った」

「叱られた？」

「叱られたし、拳骨《げんこつ》ももらった」

「わあー……体罰……」

「あはは、確かに今ならそう言われちゃうね。でも、あたしが子どものころは、悪いことしたらお尻なんてぶたれて当然。していいことと悪いことがわからないような子には、痛い思いをさせて教えるしかない、って考え方だったんだよ」

たぶんあたしにはそれが正解だったのかも、と苦笑しつつ、馨は話を続けた。

「それでね、そのときにお母さんにがっつり言われたの。五十円だからいいと思った。百円だから大丈夫だと思った。でもそれが五百円だったら、千円札だったらあんたはどうした？　って」

五十円や百円が平気になったら、すぐに五百円だって平気になる。その次は千円、五千円……大きなお金を拾っても平気で『猫ばば』する子になってしまう。そうなったらあんたは泥棒だ。お巡りさんの仕事が増えるとかどうとかいうのは、全部あんたが都合良く作り上げた言い訳に過ぎない、と母は鬼のような形相で叱った。

「わかったようなこと言ってごまかされると思ったら大間違いだよ！　だってさ。

でもって、最後はお父さんの拳骨《げんこつ》。あれは痛かったよ」

「そうか……」

「だからね、自分でラインを決めたの」

「ライン？」

「そう。小銭はスルー。でもお札を拾ったときは届けに行く」

「えー!? お札だけ？」

お父さんに痛い拳骨をもらっても、このお姉ちゃんは拾ったお金を使い続けてきたのか、と直也は呆れ果てている。しかし馨は、それは違うとさらに説明した。

「五十円とか百円とか、硬貨を拾ったときは、交番じゃなくてコンビニに行ったの」

「やっぱり使っちゃったんじゃないか！」

「じゃなくて！　コンビニにはたいてい募金箱が置いてあるでしょ？」

レジの前にある小さなプラスティックの箱。そのためのお金を持ってくる人もいれば、おつりの小銭が面倒だ、と入れていく人もいる。定期的に回収されて『○○円募金しました』なんて貼り紙が出されている、あの箱のことである。

「うん、見たことあるよ。スーパーとかにもあるよね」

「そうそう、いろんなところにある。で、あたしは、あそこに入れに行くことにしたの」

そうすれば、自分で使っちゃうことにはならないし、お巡りさんの手間も増えない。お巡りさんが自分の財布から『ご褒美』を出す必要もない。

そうやって自分なりの理屈を通すことにしたのだと、馨は直也に語った。

「そっか……。それなら『ご褒美』をもらっちゃうこともないよね」

直也は使ってしまったお金が気になって落ち着かず、結局自分のお小遣いから拾った金額を届けることにした。先に使っているのだから、たとえ落とし主が出てこなくても自分がもらうわけにはいかないと思ったのだろう。必死に断ったのに、長井さんは『ご褒美』だといって五十円玉を渡してくれた。このお金をいったいどうしたらいいのだろう、というのが、直也の困っている理由だった。

冷静に考えれば、翌日とはいえ、ちゃんと届け出たのである。状況としては、直也がお小遣いでお菓子を買って食べた、に他ならない。もっと言えば、持ち主が現れる可能性は極めて低いし、いずれは自分のものになるお金を先に使っただけ、とも考えられる。

そこまで悩む必要はないのに……と、馨はつい思ってしまった。

けれど、直也の中では、拾った五十円玉と届けた五十円玉は違うものだし、本来届けるべきお金を先に使ってしまったこと自体に罪悪感を覚えているのだろう。

いかにも子どもらしく道徳的、悪く言えば融通《ゆうずう》のきかない考え方が、馨には微笑ましかった。

「直也くんは『ご褒美』をもらっちゃったのが、気になるんだね」

「うん……」

「じゃあ、直也くんも募金箱に入れに行ったら？　あたしのやり方、真似していいよ」

そうすれば、目の前から五十円玉はなくなる。直也が使うわけでもなく、困っている誰かの役に立つのだから、万事《ばんじ》丸く収まる。

直也は手の中の五十円玉と馨の顔を交互に見比べ、ぽつりと言った。

「そう……しよっかな……」

「そうしな、そうしな。なんなら今すぐ、あたしも一緒に行ってあげるよ」

小学生が買い物の予定もないのにひとりでコンビニに入っていって、レジ横にある募金箱にお金を入れてくるには勇気がいる。特に、直也のようにちょっと内気な男の子には難しいことだろう。本人にもその自覚があったらしく、一緒に行こうという馨の提案に、ぱっと目を輝かせた。

「ほんと？　ありがとう！」

ようやく直也の明るい声が聞けた。馨はほっとして、ふたりで一番近いコンビニに向かう。

数分で辿り着いたコンビニのレジ前には、先頃起こった水害のための募金箱が置かれていた。

「あった、あった。ほら直ちゃん、ここに入れちゃおう」

無言で頷いた直也は、募金箱に五十円玉を入れ、ほっとしたように言う。

「よかった……。でもこれ、長井さんが寄付したみたいなものだよね」

「それは違うよ。ご褒美でもらったお金なんだし、長井さんは募金するつもりなんてなかった。だから、寄付したのは直也くん。かっこいいよ、直也くん」

ご褒美でもらったお金だとは思えないからこうなった。それに直也が気付けば、話は振り出しに戻ってしまう。けれど、どうやら直也はお金が手の中からなくなりさえすればよかったようで、そこに触れることはなかった。

任務終了、さて帰るか……と踵《きびす》を返そうとしたとき、店員のひとりが元気な声を上げた。

「本日、ホットスナックサービスデー！　アメリカンドッグ八十円、コロッケはなんと五十円！　ただいま揚げたてでーす！」

反射的にホットスナックが入ったケースに目をやる。きつね色のコロッケが、さあ食べろと誘っていた。これはやられちゃったなーと苦笑いしつつ、馨は直也を見下ろした。

「ねえ、直也くん。お姉ちゃん、コロッケが食べたくなっちゃったんだけど、ひとりじゃなんだし、一緒に食べてくれない？」

きょとんとしている直也に、馨は、お腹が空《す》いてるし揚げたてだから今すぐ食べたいけど、さすがにいい大人がひとりで立ち食いは恥ずかしい、と説明した。

「立ち食いじゃなくて、座って食べればいいじゃない」

そこで直也は、入り口のすぐ横にあるイートインコーナーを指さした。

「それにしても、だよ。ね、お願い！　つきあって！」

「でも僕、お金を持ってないし……」

「あのねえ！　いくらお姉ちゃんが『とほほ』な人でも、小学生相手に割り勘はないよ！」

『とほほ』な人？　と首を傾げる直也をよそに、馨はレジに立っていた店員にコロッケをふたつ注文した。ひとつずつ紙袋に入れられたコロッケを受け取り、直也を追い立ててイートインコーナーの片隅に席を占める。

「はい、これ直也くんの分。お姉ちゃんのおごりだぞー。あ、ソースももらったんだった……」

店員は小袋に入ったソースも渡してくれた。普段ならいるかいらないかを訊《たず》ねられるのだが、『揚げたて』と『サービスデー』という呼びかけに、レジにはホットスナックを求める人の列ができていた。いらなければ使わなければいいだけだ、と判断して、店員は一律ソースを渡すことにしたのだろう。

「直也くん、ソースかける？」

「いらない。そのままがいい」

「お、気が合うね。じゃあこのまま」

そんな会話のあと、ふたりは並んで揚げたてのコロッケにかじり付く。衣は揚げたてサクサク、ジャガイモはほのかに甘く、気まぐれ程度にしか入っていないだろう肉の粒が歯に当たるとなんだか嬉しくなる。直

也は、と見ると、実に幸せそうにコロッケをかじっていた。

「美味しいね！」

「うん。ありがとう。でも……」

そこでまた直也はちょっと眉根を寄せ、これはもしかしてお姉ちゃんのご褒美なの？　と訊《たず》ねてくる。またしても『ご褒美』という言葉を持ち出した直也に、馨は慌てて首を横に振った。

「違う、違う。ただお姉ちゃんが食べたかっただけ。ご褒美なんかじゃないよ」

正確に言えば、昨日からずっと悩み続けていた直也への労《ねぎら》いの気持ちはあった。だが、それを本人に言うのは野暮だし、直也の悩みに対して労いが五十円のコロッケというのはチープすぎる。ただの食欲としたほうがよほどスマートだろう。

そんな馨の言葉に安心したように、直也はまたコロッケをかじり始める。やがて食べ終え、紙袋を小さく折りたたんだあと、馨にぺこりと頭を下げた。

「ごちそうさま。お姉ちゃん、いろいろありがとう。僕も今度からお金を拾ったらお姉ちゃんみたいにするよ」

「うん。でも本当は、拾ったお金は警察に届けるべきなんだよ。それをちゃんとわかっててね？」

「わかってる。これって『うそも方便』ってやつだよね？」

「うーんと……まあ、いいか」

微妙に違う気もする、と思いながらも馨はふたり分の紙袋をゴミ箱に捨てる。

その後、直也をアパートまで送り、バイバイと手を振ったあと、自宅に戻った。

†

自転車の盗難騒ぎがあってから二日後、ようやく要のマンションの片付けを終えて帰宅した美音は、馨が告げるまでもなく、自転車がないことに気付いた。

馨はここにいるのに、自転車はない。どこかに置いてきたのか？　と訊ねられ、やむなく報告したところ、返ってきたのは呆れ果てた姉の声だった。

「まったく、あんたって本当に不用心なんだから！」

「ごめんなさい。今度からもっと気を付ける」

「自転車ですんだからよかったようなものの、空き巣や強盗だったらどうするの」

万が一家にいるときで、出くわしていたらどうなったことやら、と美音の小言は止まらない。

空き巣が入ってきても、盗《と》るものなんてなにもないよ……という馨の言葉は、火に油を注ぐ結果となる。

「なに言ってるの！　こういう古くて小さい家って、空き巣には狙い目なんですって。家にお金をかけてるように見えないし、駐車場がないから車も持ってない。その分、お金が貯まってるだろうって思われるらしいわ。うちは素寒貧《すかんぴん》だけど、そんなことは入ってみるまでわからないのよ！」

「すかんぴん……」

馨は、どうして姉の言葉遣いはこんなに古めかしいんだろう、と思う。いくら日頃から接する相手に年寄りが多いとはいえ、影響を受けすぎではないのか。

そんなことを考えてクスクス笑っていると、さらに美音が目を吊り上げた。

「ちょっと馨！　ちゃんと聞いてるの⁉」

「はい！　聞いてます！」

そしてまた、まったくもう、あんたって……と永久回路が出来上がる。

過去、現在、未来にまでわたって、妹への不安材料を並べ立てる美音を見ているうちに、馨はちょっと反論したくなる。

——でもね、お姉ちゃん。今日のあたしは、それなりに頑張ったんだよ。直也くんの困った顔を、ちょっとだけ明るくすることができた。あたしだって、すこーしずつは前に進んでるんだよ。

けれど、そうやっていちいち報告したくなること自体が、姉への依存なのかもしれない。なによりも、それを言うのは『褒《ほ》めて、褒めて』とまとわりつくようなものだ。

ぐっと我慢して言葉を呑み込んでいるうちに、馨の胸の中にどうしようもない寂しさが湧き上がる。別れて住むようになれば、こうやって叱られる回数もずっと少なくなるに違いない。

寂しさに押しつぶされそうな気持ちを奮い立たせ、馨は明るい声で言った。

「ねえお姉ちゃん、今晩、すき焼きにしようか」

「なんで、そこでいきなりすき焼きの話になるの？」

人の話をちゃんと聞きなさい、とまたお説教を始める美音に、馨はえへへ……と笑い返した。


——なにが、『えへへ……』よ！

美音は、話をごまかそうとする馨に苛立ちを隠せなくなる。

美音が留守にしたのは都合三日、夜だけ考えれば二晩である。その間に、馨は自転車を盗《と》られてしまった。『ぼったくり』を増築し、この家は馨に……と考えたけれど、それは本当に正しかったのだろうか。けれど、どう考えても他に良案はない。不安でも、心配でも、馨に自立してもらうしかない。そのために、どんなに嫌な顔をされても伝えるべきことは伝えなくては、と美音は躍起《やっき》になっていた。

「とにかく、もうちょっとしっかりしてね」

「うん……わかってる。もうすぐひとりになるんだもんね……」

それを聞いたとたん、美音はなぜ馨がすき焼きを持ち出したのかがわかったような気がした。

『ひとりになる』という言葉から、寂しさが染み出してくる。

増築工事はもうすぐ始まる。姉妹の別れは目前なのだ。自分が想像していた以上に、馨は寂しがっている。だからこそのすき焼きだ。なぜなら鍋料理は一家団《いっかだん》欒《らん》の象徴、しかもすき焼きほど家によってやり方が違うものはないからだ。

美音は暮らす相手が変わるだけ、けれど馨はこれからしばらくひとりきりなのだ。鍋を囲む機会だって激減するだろう。結婚して家を出るというのはそういうこと、それが姉の幸せだとわかっていても、寂しいことに違いなかった。

馨はソファに腰掛け、所在なげに雑誌を捲《めく》っている。頭の中では、このお説教はいつまで続くのだろう、なんて考えているのかもしれない。

残り少ない姉妹の時間を、これ以上説教で潰すのは馬鹿馬鹿しい。こんな説教はこれまで何度もしてきたのだ。それよりも楽しい思い出を作ったほうがいい。

ようやくそこに思い至った美音は、反省を込めて馨に言った。

「……ってことで、お説教はおしまい。じゃあ、今夜はすき焼きね？」

「やったー！　じゃあ『とびとび』のお肉を買ってこよう！　加藤さんがいいよね？」

『加藤精肉店』のお肉はコスパ最高、と褒《ほ》め称えつつ、馨は買い物の算段を始める。

「焼き豆腐は戸田さんでしょ。お野菜はヒロシさんのところで……」

「馨が行く？　それとも私が行ってこようか？」

「えー、一緒に行こうよー」

「はいはい、じゃあそうしましょ」

そしてふたりは、ダイエットは明日から～と歌いながら仲良く商店街に向かった。

「そうですか！　今日は、美音さんちはすき焼きなんですね!!」

『加藤精肉店』のリカは、目を輝かせつつ上等の霜降《しもふ》り肉を包もうとする。仕草に迷いはなく、もうすっかり仕事にも慣れた様子だ。それなのに、注文したのとは全然違う肉を包んでいるリカを見て、美音はうーん……と唸《うな》りそうになった。

「リカさん、それじゃないわ。もうちょっと左の……」

安いやつ、と続ける前に、リカはきっぱり言い切ってくる。

「すき焼きでしょ？　これでいいんです。もちろん、差額はいただきません。お義母さんたちにもユキヒロさんにも言われてるんです。美音さんが来たら、とびっきりのお肉を持っていってもらえ、って。これは美音さんへの結婚祝い、それから私がショウコさんとのことで悩んでいたときに話を聞いてくださったお礼です」

ショウコとの一件のあと、リカはレンタル屋で美音に会ったことをユキヒロに話したらしい。美音と話したことでとにかくユキヒロにだけは打ち明けようと思い、その結果、事態は好転した。もしもあのまま我慢し続けていたら、どこかでおかしくなっていただろう。それを救ってくれたのは美音の言葉だった、とリカは言う。

お礼の気持ちを表したくて、夫婦でヨシノリに相談したところ、個人的な理由で店の仕入れをおまけしようとしても、美音は断るだろう。仕事は仕事だ、と言い張るに違いない。けれど、幸い美音姉妹は普段の買い物のときも商店街にやってくる。自宅で食べる分のおまけなら、案外受け取ってくれるのではないか、と言われたそうだ。加えて、自分たちにとって、姉妹がこの町に住み続けてくれることがどれほど嬉しいことなのかも伝わればいい、と……

「美音さんが『ぼったくり』の上に住むって聞いて、みんなが大喜びしてるんです。それなら馨さんもこの町から離れずにすみます。『ありがとう』と『おめでとう』を重ねて大盤振《おおばんぶ》る舞《ま》いしようって、他の店の方たちも待ち構えてますよ」

「そんな……」

美音と馨は思わず顔を見合わせてしまった。申し訳なさそうにする姉妹に、リカは言った。

「みんなの気持ちなんです。みんなが美音さんと馨さんがこの町にいてくれるのが嬉しいんです。だから受け取ってくださいね」

そして半ば無理やりのように上等の霜降り肉を持たされて、美音と馨は『加藤精肉店』を後にする。店から出たとたん、後ろからリカが元気いっぱいに叫んだ。

「商店街のみなさーん！　美音さんちは、今日はすき焼きだそうですよーーーーー!!」

——なんだと、そいつぁ大変だ！

そんな声が聞こえたような気がした。

リカの声を聞いて、あっちこっちの店から人が飛び出してくる。

やれ上等の葱《ねぎ》を持っていけ、黄芯《きしん》の白菜を持っていけ、焼き豆腐を持っていけ。白滝はどうだ、新鮮な生卵はいらないのか、締めはうどんか、それとも餅か、面倒だ両方持ってけ！　いやいや、やっぱり飯だろう、南魚沼産《みなみうおぬまさん》のコシヒカリを持っていきやがれ！

どの店に行っても大騒ぎで、これはいったいどこの高級料理店のすき焼きだ、おまけにふたりでは絶対食べきれない、と思うような食材を持たされた。ふたりが這う這う《ほうほう》の体で商店街をあとにしたのは、買い物を始めてから二時間近く経ってからだった。

「あー疲れた。買い物ひとつになんて騒ぎ！」

家に帰るなり、美音はへたり込んだ。馨は馨でばったりと突っ伏す。

「いやはや……お姉ちゃん、大人気……。恐れ入りました」

「大人気とかいう問題じゃないわ。そうだったとしても、私だけじゃなくてあんたも込みじゃない。みんなもうちょっと考えて商売しないとお店潰しちゃうわ……」

「やだ、お姉ちゃん。その言い方って要さんみたい」

「え、そうかな？」

「夫婦は似るっていうけど、もうすでに……って、まあいいや、今日は要さんの話は抜き。ふたりで思いっきり『我が家のすき焼き』をやろう！」

「はいはい、割り下はなし。お肉もジュージュー焼いてからね！」

「もちろん、すき焼きは焼いてこそ、すき煮なんて絶対許すまじ！」

そしてふたりは、いそいそとすき焼きの準備を始めた。

「お姉ちゃん、もうお肉を焼き始めていい？」

「いいわよ。でも、全部は食べきれないから半分ぐらいにしてね」

『加藤精肉店』と印刷された包み紙の中から出てきた肉に、馨は唸《うな》り声を上げる。

「すごいね、このお肉。すごくきれいな霜降《しもふ》りになってる。きっと口の中で溶けるよー」

「溶けてそのままなら流れちゃうならいいけど、きっとしっかりお腹に……」

「はいはい、お姉ちゃん。今日はダイエットは禁句！」

「そうでした！　今日は気にせず食べるぞ！」

「おー!!」

馨はフライパンを前に気炎を上げる。熱したフライパンに肉を入れたとたん、ジューっという音とともに牛肉が焼けるとき特有の香りが広がり、空っぽの胃が悲鳴を上げた。

涎《よだれ》を垂らさんばかりの馨が言う。

「うわあー、これ、このまま塩をふって食べていい？」

「やめたほうがいいわよ。すき焼きの感動が薄れちゃうじゃない」

「うー……一理ある。しょうがない、我慢しよっと」

まるで拷問だー、と嘆きつつも、つまみ食いをすることなく馨は肉を焼き続けた。

その横で、美音は白菜を軽く茹《ゆ》で、葱《ねぎ》やシメジ、春菊を洗って切る。それを横目で見ながら、馨が思い出語りを始めた。

「子どものころって、春菊が嫌いだったなあ……」

「独特の苦みがあるものね。春菊のおひたしが出てくると、あんたはいつもすごい顔になってたわ」

残すと叱られるのはわかっている。噛むと苦いから、少しずつ呑み込んだ。それでも、いつまで経っても器は空にならず、泣きそうになっているとたいてい美音が助けてくれた。

父や母に気付かれないよう、こっそり自分の器に引っ越しさせてくれたのだ。

全部を持っていってくれるわけではなく、あとは自分で頑張りなさい、と少し残すあたりが美音らしかった。

「あれはありがたかったよ。でもお姉ちゃんだって、春菊はあんまり得意じゃなかったよね？」

「最初はね。でも、誰かさんの分まで食べてるうちに、春菊の美味しさもわかるようになったわ」

「いやそれ、ただの加齢による嗜好の変化なんじゃ……？」

「うるさい！」

美音に一喝され、馨は、うへえ、と首をすくめた。その後、どうして大人になると苦いものでも平気になるのかなー、なんて不思議がっている妹を無視して、美音は茹でた白菜を切り始めた。

「準備完了。さあ馨、始めるわよ！」

「待ってましたー」

カセットコンロにすき焼き用の鍋をのせ、火をつける。ちなみに、鍋物はやっぱり炬燵《こたつ》で食べるのが一番、ということで本日の食卓は炬燵である。

お母さん、肉と白滝はくっつけちゃ駄目ってうるさかったよねーと笑い合いながら、間に白菜や焼き豆腐を上手く挟んで、鍋の中にぐるりと材料を入れていく。その間に、馨がワインを注《つ》いでくれた。

すき焼きに白ワインという組み合わせももしかしたら我が家独特、普通なら赤よね、と思いながら美音はグラスを手にする。

これでなければ、という銘柄《めいがら》が決まっているわけではない。今日はすき焼きにしよう、と思い立った日に酒屋、あるいはスーパーに出かけ、目についた銘柄を買ってくる。店で出すわけではないから多少のミスマッチはご愛敬だし、思いがけずぴったりの銘柄に当たったときは素直に喜べる。

今日のワインは馨が、美音の自転車を飛ばして買ってきてくれたものだ。ラベルに『リープフラウミルヒ』という文字があるから、ドイツのライン川周辺で造られているワインだろう。飲み口が軽く、甘みの強いワインに違いない。

「熟《う》れたブドウをそのまま食べてるみたい……」

口の中でワインを転がし、うっとりしている美音を見て馨も大きく頷いた。

「ほんとだ。これならフルボトルでもふたりで呑んじゃえるね」

甘さが特徴とされるドイツワインの中でもかなりの甘口、日頃の疲れがすっと溶けていくような気がした。

卓上で調理することで室温がぐっと上がったせいか、渇いた喉に甘くて冷たいワインが心地よい。一気に空けてしまいたい気持ちを抑え、一口、二口味わったあと、美音はすき焼き鍋の味付けをする。

砂糖と酒を入れ、最後にどぼどぼと醤油《しょうゆ》を回しかける。あとは水を少し足し、煮汁が沸き立って葱《ねぎ》がしんなりするのを待つばかりだった。

美音の様子を見ていた馨が、感心して言う。

「お姉ちゃんって、味つけに迷いがないよねー」

料理に慣れていない人は、おそるおそる調味料を入れて味を確かめ、また少し足しては味見、を繰り返すものだが、美音は一度で目指す味にしてしまう。

特にすき焼きの場合は顕著で、馨はなぜそんなにばっちり味が決まるのか、と不思議がる。

「なんでそんなに豪快に入れてるのに、ちゃんと美味しくなるの？」

「さあ……？　いつも勘で入れてるだけだけど？」

「その『勘』がほしいって思ってる料理人がどれほどいるんだろう。あ、料理人に限らないか……」

これぱかりは天性としかいいようがないのかもしれない。いいなあ、お姉ちゃんは……と馨はため息をつく。

「私だって、最初からこうだったわけじゃないのよ」

昔を思い出しながら、美音は笑った。

ちょっと足しては味を見て、足しすぎて途方に暮れていた時期だってあったのだ。その時期が他の人よりずっと早かっただけ。そしてそれは、夜の仕事に就いていた両親の代わりに食事の支度をしてきたからにすぎない。もしも馨が美音より先に生まれていたら、こうやって味を決めているのは馨だったに違いない。

ところが、そんな美音の意見に馨は真っ向から反対した。

「えー、それはたぶん違うよー。あたしはお姉ちゃんみたいに、どうしたらもっと美味しくなるか、なんて考えないし、工夫もできないと思う。あたしは、お姉ちゃんみたいにはなれないよ」

「そうかなあ……頑張ればできると思うけど……」

「どうだろ？　あ、もうそろそろいいんじゃない？」

そこで馨はさっさと『味付けの勘』についての話題を打ち切り、生卵を器に割り入れた。カシカシカシ……と調子よくかき混ぜ、肉を一切れ器に取る。美音もすぐに倣《なら》う。

「うーん……柔らかーい！」

姉妹は目を合わせて、にっこり笑う。

予《あらかじ》め軽く焼くことで旨みが閉じこめられた肉は、醤油《しょうゆ》と砂糖、酒の味をしっかり吸い込んでこれ以上はない味わいだ。

生卵が少々濃いめにつけた味を和らげ、舌を焼かれそうな熱まで取ってくれる。

馨は生卵の功績を讃《たた》える。

「卵、偉い！　ついでに、すき焼きを生卵で食べることを考えた勇者を表彰したい！」

「それを言うなら、豆腐を焼いてみた人も偉いわ！」

「いやいや、麩《ふ》を入れてみた人も！」

「とにかく、すき焼きばんざーい！」

馨は、すき焼きにはやっぱり白いご飯、と言い張り、ご飯を炊いた。それをしっかり平らげたくせに、締めのうどんは譲れない、とすき焼き鍋に茹《ゆ》でうどんを投入。一本残らず胃袋に納め、馨はもうこれ以上なにも入らない、とその場に転がった。

「あー最高！　座卓って、これができるからいいよね」

「行儀が悪いわよ。子どものころ、食べてすぐ寝ると牛になるって叱られたでしょ」

「これだけいいものを食べて寝たら、すごくいい牛になるよ。それこそ『とびとび』のお肉だ」

「じゃあ、料理しちゃおうかな」

「え、あたし、食べられちゃうの⁉」

素《す》っ頓狂《とんきょう》な声を上げる馨に、美音は笑い転げる。その後も、馬鹿話や思い出話にふけるうちに、楽しい夜が更けていった。

†

要はその日、朝一番で美音の自宅を訪れた。

登記関係の書類で確認したいことがあったのだが、さすがに午前八時前という時間は美音を驚かせたようだ。

「ずいぶん早いですね」

「ごめん。出社前に済ませたかったから……。連絡を入れればよかったね」

「かまいませんよ。もう起きていましたし」

美音はそう言いつつ、なんだかそわそわしている。何事かと思っていると、玄関先に置いてあったスプレー缶を手にして、天井に向けてシュッと噴きかけた。

「ごめんなさい。匂いが残ってますよね」

「そういえば……。もしかして、夕べすき焼きだった？」

「実は……。商店街の方々のご厚意で、すごく豪華なすき焼きになりました」

「それは食べたかったなあ……」

「要さん、すき焼きはお好きですか？」

「もちろんだよ。たっぷりの割り下で煮込んで……」

「あ、やっぱり『割り下派』ですか……」

残念そうな美音の声に、要はきょとんとしてしまう。だが、うちのすき焼きは割り下を使わないのだ、と聞いて納得した。

すき焼きには二通りの作り方がある。割り下を使う方法と、直接鍋に砂糖や醤油《しょうゆ》を入れる方法である。おそらく美音は子どものころから、割り下を使わないすき焼きを食べてきたのだろう。要が『割り下派』と聞いて不安になったに違いない。

ふたりが育ってきた環境は大きく異なる。すき焼きの作り方だけに留《とど》まらず、いろいろなことが違うはずだ。結婚して一緒に暮らすにあたって、どう摺《す》り合わせればいいのか、美音は悩んでいるのだろう。

けれど、要に言わせればそれは取るに足らない悩みだった。

同じように育った者同士が一緒になるのは楽だし、無理がないのかもしれない。

ただ、その分、新しい発見もなく、違う世界を知るきっかけも与えられない。

一方、違う世界に育った同士が一緒になれば、世界は倍の広さになる。相手が通ってきた道を知ることで、知らない世界を疑似体験できるのだ。相手の話を聞き、そんな世界があるのか、と目を見張る。その楽しさを要は十分知っている。学生時代以降、散々経験してきたからだ。

だからこそ、美音の不安に自信を持って『大丈夫だ』と言ってやれる。どれだけ自分と違う相手であっても、相手を理解したいと思う気持ちがある限り、距離はいくらでも縮められる。

たとえ埋めがたい溝を感じる瞬間があったとしても、橋を架ける方法はきっとあるし、見つけてみせる。

要は、そんな決意を込めた眼差しで美音を見つめた。

「大丈夫だよ。君と俺が同じじゃないことぐらいわかってるし、違うからなんだって話だよ。肝心なのは歩み寄り。割り下を使うか使わないかなんてどうでもいいし、片方に決めなきゃならないものでもない。二通りの食べ方ができるなんてお得じゃないか」

なにより、それこそが『ぼったくり』のコンセプトだろう、と言う要に、美音は大きく頷いた。

「ところで君たち、すき焼きと一緒になにを呑んだの？」

美音が酒に強いことは知っているし、馨もそれなりに呑めるはずだ。だが、この姉妹は案外、私生活で酒を呑む機会が少ないように思う。

夜遅くまで仕事があるし、帰宅してからも酒を呑むよりはさっさと休みたいのだろう。売る酒を選ぶための試飲はせっせと繰り返しても、純粋に楽しみで酒を呑むことは極めて稀《まれ》ではないか。

そんなふたりに与えられた長い休み、しかも極上のすき焼きときたら、酒抜きとは思えなかった。

案の定、美音は、うふふ……と嬉しそうに笑う。

「実は白ワインを……ふたりでフルボトルを一本空けてしまいました」

「白ワインか、それはいいね。でも、今度一度泡盛《あわもり》を試してみるといいよ」

「え、泡盛？」

美音が目を丸くしている。焼酎《しょうちゅう》ならまだしも、すき焼きと泡盛という組み合わせを考えたことなどないのだろう。要自身、泡盛に馴染《なじ》みは薄い。それでも、こんな提案をしたのは、すき焼きに合いそう……というよりも、女性が好きそうな泡盛を知ったばかりだったからだ。

「普通の泡盛じゃなくて、泡盛で作ったリキュール。ゆずとシークヮーサーをたっぷり使ってるからすごく爽やかで、たぶん、すき焼きとかの濃い味付けにもぴったりなんじゃないかな」

「それってもしかして請福酒造《せいふくしゅぞう》さんの『ゆずシークヮーサー』のことかしら……」

美音が首を傾げている間に、要はスマホで検索をかけ、目当ての画像を見つけ出した。

「あ、確かに沖縄の『請福酒造』だ。さすがだね」

「やっぱり……。昔、お客さんにお土産《みやげ》でいただいたとかで、母が喜んで呑んでました。私は匂いだけしか嗅《か》がせてもらえなかったんですけど……」

そのときのことを思い出したのか、美音はひどく悔しそうな顔をした。二十歳になる数ヶ月前、あと少しで酒解禁というときのことで、タッチの差で呑めなかったらしい。

「本当に素敵な香りで、一口でもいいから呑んでみたかったです」

「おれは呑んだよ。酒と炭酸を半々ぐらいで割ったやつ。うわー、こんなに泡盛入れちゃって大丈夫かな、って心配になったけど、全然大丈夫だった」

とても泡盛とは思えない、と言うのは失礼かもしれないが、リキュールだけあって甘みも強いし、なにより香りが素晴らしい。女性が好みそうな酒だと要は言う。『ぼったくり』にはアキとかトモといった女性の常連だけでなく、カンジのように酒の弱い客もいる。甘みが強い上に、濃さを自由に調整できる『ゆずシークヮーサー』は喜ばれるに違いない。

「沖縄出身のノリくんもいますもんね！　じゃあ今度取り寄せてみます！」

「あ、取り寄せはしなくていいよ。俺、来週沖縄に出張するから、買ってくる。だから君がまた『極上のすき焼き』を作ってくれれば、一緒に試せるってわけだ」

「了解です！」

美音は目を輝かせて、加藤精肉店で一番の肉を用意すると約束してくれた。そして、ほう……と息を吐いて、要を見上げる。

「要さんは出張でいろいろなところに行かれますよね。その先でお酒を呑む機会も多いんでしょう？」

「幸か不幸かね」

「だったら……」

「うん、わかってる。出先で旨い酒に出会ったら必ず買って帰る」

「え……、いや、別に買ってきてくださらなくても！」

美音は手を盛大に左右に振った。

「日本中にたくさんのお酒があります。今はインターネットで何でも調べられる時代ですけど、存在を知らないお酒は調べにくいんです。だから、その土地でしか知られていないようなお酒に出会ったときは銘柄《めいがら》を教えてください」

酒好きな客には、呑んだことがない酒を試してみたいという人も多い。それに応《こた》えようと、一生懸命調べているが、なかなか難しい。そんな中、実際に呑んでみた人の感想ほどありがたいものはない、と美音は語った。

「そのお酒が存在することがわかれば、あとはなんとでもなります。情報さえいただければ、もうそれだけで……」

「とはいっても、やっぱり実物があったほうがいいだろ？　ま、荷物が多くてどうしようもないときは別にして、なんとか買って帰るようにする。それが無理なら、宅配便で送るよ」

「百万の味方を得たような気がします」

美音はいったん背筋を伸ばし、その上で深々と頭を下げた。頭を下げたままでいた時間の長さに、彼女がどれほど酒についての情報を欲しがっているかが表れていた。

しばらくして、ようやく美音が頭を上げた。感謝を込めた眼差しで要の顔を見ていたかと思うと、はっとしたように言う。

「要さん、もしかして朝ご飯がまだなんじゃ……？」

「わかる？」

昨夜遅く、書類に美音のサインが必要なことに気付いた。朝一番で処理をしてから出勤しようと思っていたのに、つい寝過ごし、慌てて家を飛び出した。もちろん、お腹は空っぽである。

美音はさっきまでとは打って変わった呆れ顔になる。

「やっぱり……。お昼を食べ損ねてお店に来たときと同じ顔です。なにか作りますね」

「でも、この書類にサインを……」

「ご飯が先です！」

美音は、なぜか『これ幸い』と言わんばかりに冷蔵庫に向かう。中から肉を出し、ついでに横にあった野菜入れから玉葱《たまねぎ》をひとつ……

「牛丼でいいですか？　すき焼きとはちょっと違いますけど、味付けは似てますし」

「え、そんな上等な肉で？」

美音の手元にあるのは霜降《しもふ》りの、見るからに高級そうな肉だ。美音はそれを二、三枚取り出し、惜しげもなく刻み始める。

「うわあ、もったいない！」

「お肉はお肉です」

すぐできますよ、と言いながら、美音は玉葱を刻み終え、小鍋で煮込み始める。これでは牛丼を作り終えるまで、書類なんて読めない。甘辛い出汁《だし》の匂いが立ちこめる中、やむなく要は書類の中身を説明し始めた。

「なんだ、そういうことなんですか。だったら最初から簡単に書いてくれればいいのに」

唇を尖らせながらそんなことを言ったあと、美音は出汁《だし》の中に牛肉を加えた。

「あんまり簡単に書かれちゃうと、プロの仕事がなくなっちゃうんだよ」

「そういうものですか？　まあいいです。今度からわからないことは要さんに説明していただくことにします」

難しいことは全部要さんにお任せします、と笑いながら、美音は牛丼を差し出す。いかにも、かわりにこれを……といった感じで、要はつい噴き出してしまった。

「なるほどね。それでこの超豪華牛丼ってわけか」

「え、あの、別にそういうわけじゃ……」

あたふたしている美音を前に、要はにんまり笑う。美音が、自分に理解できない難しいことを委《ゆだ》ねて良い相手だと信頼してくれたことが嬉しくてならなかった。

「あ、そういえばさ……」

早速牛丼を掻き込み始めた要は、他にも訊《き》きたいことがあったことを思い出した。

「おれが担当してる現場が、ここから三つぐらい先の駅にあるんだけど、昨日そこで馨さんの自転車を見かけたんだ。けっこう遅い時間だったけど、なにか用事があったのかな？」

「え!?」

美音の目が一回り大きくなった。これは不味《まず》いことを言った、もしかしたら馨は美音に黙って夜遊びでもしたんだろうか……と慌てる要に、美音が詰め寄ってくる。

「どうして馨の自転車だってわかったんですか？」

「学校のシールやステッカーが貼ってあったから……」

馨の自転車は、高校時代からずっと同じだ。通学に使っていたから、高校のマークが入ったシールが貼られている上に、シールそのものがずいぶん草臥《くたび》れている。明らかに現役高校生のものではないとわかるのだ。さらに馨は、自転車に自分が好きなキャラクターのステッカーを貼りまくっていて、一度見たら忘れられない仕様になっていた。

「じゃあ、三つ先の駅前にあるんですね！」

要の答えに、美音は嬉しそうに叫び、階段の下まですっ飛んでいった。そのまま上に向けて声を張り上げる。

「馨！　あんたの自転車、三つ先の駅前にあるんですって!!」

その声を聞いて、要が来たとたん遠慮して二階に上がっていた馨が駆け下りてきた。要に駅名だけ確認したあと玄関に直行。瞬《また》く間に出ていってしまう。

「なんなの？」

「あの子ったら、お礼も言わずに……。要さん、本当にごめんなさい。実はその自転車、ちょっと前に盗《と》られちゃったものなんです」

見つけてくださってありがとう、と美音は深々と頭を下げる。

「お酒の情報、難しい書類、盗られちゃった自転車……。要さんは、いつだって私の困りごとを解決してくれます。しかも、私が困ってるなんて一言も言ってないのに……」

「君だって、おれがなにも言わなくても腹ぺこだって気がついてくれる。その上、こんなに旨い飯を食わせてくれる」

「だって要さん、お腹が空いてないときのほうが珍しいですし……」

『ぼったくり』でも他の場所でも、会うときはたいてい『腹ぺこ大魔神』だ、と美音は笑う。

「それでもさ」

苦笑いで応《こた》えながら要は考える。

――美音が苦手なことで、おれにできることがあればなんでも引き受ける。逆に、おれが苦手なことで美音が得意なこともたくさんあるだろう。おれたちふたりは完璧な人間なんかじゃない。でこぼこがたくさん、というよりも、でこぼこばっかりかもしれない。でも、でこぼこを組み合わせることは可能だ。上手く組み合わせることで、どんな力を受けても離れない強固な絆《きずな》を作れるに違いない。

「いや、旨かった。これまで食べた中で一番の牛丼だ」

褒《ほ》めすぎです、と照れながらも美音は冷蔵庫から麦茶が入ったポットを取り出す。

外は木枯らしが吹き始め、普通なら冷たい飲み物なんて勘弁してくれ、の季節だ。にもかかわらず、要は大きなグラスにたっぷり注《つ》がれた麦茶をごくごくと飲み干す。

それは、熱々で濃厚な味付けの牛丼を平らげたばかりの要が、今まさに必要としている飲み物だった。

肉と白滝　硬くなる説は誤解

白滝（こんにゃく）と肉を並べて入れると肉が硬くなる――そんな話を聞いたことがある方は多いと思います。

作中、美音姉妹の母親もそうだったようですが、私もそのひとり。すき焼きを作るときには、肉と白滝がくっつかないよう苦心惨憺、ときには白滝の量を控えたりしていました。

ところが、先頃「日本こんにゃく協会」さんから、こんにゃくの成分は肉の硬さに影響を与えないという研究結果が発表されました。どうやら、こんにゃくにはカルシウムが含まれており、カルシウム＝骨を硬くする、ということから広がった風評だったようです。こんにゃくにしてみればとんだ濡れ衣、さぞや悔しかったことでしょう。

認識を改め、今後はすき焼きにも肉ジャガにも、たっぷり白滝を入れようと思います。

ありふれたチョコレート 1 2
AN ORDINARY CHOCOLATE BAR
秋川滝美
TAKIMI AKIKAWA
大人気シリーズ
待望の文庫化!
あくまでも平凡。
だからこそ
特別なものがある。
営業部長兼専務の超イケメン・瀬田に執着された相馬茅乃《そうまかやの》。けれど、自分は「箱入り特売チョコレート」のようなもの。彼には、「高級ブランドチョコ」のほうが似合うにきまっている……。そう思った茅乃は、あらゆる手段を使って彼のもとから逃げ出した!
逃げる茅乃に追う瀬田。二人の攻防の行く末は?
ネットで爆発的人気の恋愛逃亡劇、待望の文庫化!!
◉文庫判 ◉各定価:670円+税 ◉illustration:夏珂
ありふれたチョコレート 1
秋川滝美
なものがある。
ありふれたチョコレート 2
秋川滝美
平凡なチョコレートにするため、
NYで大奔走!?

最愛の母を亡くし、天涯孤独の身となった高校生のひなこ。悲しみに暮れる中、出会ったのは、端整な顔立ちをした男性。生前、母は彼の家で通いのハウスキーパーをしていたというのだが、なんと彼は、ひなこに契約結婚を持ちかけてきて——

訳アリ夫＋連れ子四人と一緒に、今日から、契約家族はじめます！　ひとつ屋根の下で綴られる、ハートフル・ストーリー！

◎定価：本体640円＋税　◎ISBN978-4-434-27423-7

●illustration:加々見絵里

君の小説が読みたい
玄武聡一郎
アルファポリス
ミステリー小説大賞
受賞作家、
渾身の新作！
『だって君は、6日後に死ぬんだから』
唐突な死の宣告。その謎を解く鍵はすべて彼女が握っていた
君は一週間後に死ぬ――ある日、突然現れた茉莉花と名乗る女性は、僕にそう告げた。彼女は、僕の「死」をトリガーに、何百回とタイムリープを繰り返しているらしい。そこから逃れるには僕を救うしかない、と。その日を境に、犯人を捜すと言ってきかない彼女に振り回される騒がしい毎日が始まった。二人の容疑者。迫る、死の刻。そして、迎えた6日後――物語のラストには、僕の死と彼女の正体に関わる思いがけない秘密が待っていた――
◎定価：本体640円+税
◎ISBN：978-4-434-27425-1
◎Illustration：和遥キナ

本書は、2018年10月当社より単行本として刊行されたものを文庫化したものです。


この作品に対する皆様のご意見・ご感想をお待ちしております。

おハガキ・お手紙は以下の宛先にお送りください。

【宛先】

〒150-6008 東京都渋谷区恵比寿4-20-3 恵比寿ｶﾞｰﾃﾞﾝﾌﾟﾚｲｽﾀﾜｰ 8F
(株) アルファポリス　書籍感想係

メールフォームでのご意見・ご感想は右のＱＲコードから、
あるいは以下のワードで検索をかけてください。

アルファポリス　書籍の感想　検索

ご感想はこちらから

アルファポリス文庫

居《い》酒《ざか》屋《や》ぼったくり 10

秋川滝美（あきかわたきみ）

2020年　6月　30日初版発行

編集－塙 綾子
発行者－梶本雄介
発行所－株式会社アルファポリス
〒150-6008東京都渋谷区恵比寿4-20-3 恵比寿ｶﾞｰﾃﾞﾝﾌﾟﾚｲｽﾀﾜｰ8F
TEL 03-6277-1601（営業）　03-6277-1602（編集）
URL https://www.alphapolis.co.jp/
発売元－株式会社星雲社（共同出版社・流通責任出版社）
〒112-0005 東京都文京区水道1-3-30
TEL 03-3868-3275
装丁・本文イラスト－しわすだ
装丁・中面デザイン－ansyyqdesign
印刷－中央精版印刷株式会社

価格はカバーに表示されてあります。

落丁乱丁の場合はアルファポリスまでご連絡ください。

送料は小社負担でお取り替えします。


ISBN978-4-434-27424-4 C0193